House of Ghosts
Das verflixte Vermächtnis

Frank Maria Reifenberg

HOUSE OF GHOSTS

Das verflixte Vermächtnis

Mit Vignetten von Fréderic Bertrand

arsEdition

Bibliografische Information der Deutschen Nationalbibliothek
Die Deutsche Nationalbibliothek verzeichnet diese Publikation in der Deutschen Nationalbibliografie; detaillierte bibliografische Daten sind im Internet über http://dnb.d-nb.de abrufbar.

Textlektorat: Maraike Sörensen-Knoop

ISBN 978-3-8458-1712-5

www.arsedition.de

Für Jannes Luka,
Leevke & ihre Eltern

Inhaltsverzeichnis

Ein Haus, das vielleicht bald umkippt

Beim Anblick des Hauses stemmte Mama die Hände in die Hüften und sagte: »Es braucht ganz offensichtlich eine zupackende Hand und …« Weiter fiel ihr nichts ein. Das war kein Wunder. Zu diesem Haus fiel einem wirklich nicht viel ein, und wenn, war es nur wenig Schönes, obwohl die Abendsonne alles in ein goldenes Licht tauchte.

»… und ein paar Ideen«, half ich Mama auf die Sprünge und vollendete ihren Satz.

»Genau, Melli Bower, du bist das schlauste Mädchen von hier bis überall. Ein paar Ideen«, sagte Mama und verzog das Gesicht. Das sollte wohl ein Lächeln sein.

Mama hat das schönste Lächeln der Welt, das nur noch von

ihrem fröhlichen Lachen übertroffen wird. Was sich jetzt in ihrem Gesicht tat, glich der Miene, wenn sie aus Versehen einen Schluck Kaffee trinkt, der schon kalt geworden ist. Mama hasst kalten Kaffee.

Mit ein paar Ideen kann man in Mamas Leben alles regeln. Fast. Ein paar Ideen, um diese Schnapsidee zu verhindern, in der wir uns gerade mittendrin befanden, hatte leider niemand gehabt. Auch Mama nicht.

Bobbyboy, mein kleiner Bruder, quengelte. Alle nennen ihn Bobbyboy, so kann man ihn gut von meinem Vater unterscheiden, der heißt ebenfalls Bobby, aber Big Bobby.

»Wann fahren wir nach Hause?«, fragte Bobbyboy nun zum fünften Mal, setzte sich auf das Köfferchen, in dem sich seine liebsten Dinge befanden, und stützte das Kinn in die Hände.

Bobby ist nicht dumm. Er wusste, was passieren würde. In ein paar Tagen kam der große Überseecontainer mit unseren restlichen Sachen, und dann war besiegelt, was Mama nun sagte: »*Das* ist jetzt unser Zuhause.« Mama zeigte auf das Haus, machte dabei aber das Kalter-Kaffee-Gesicht. »Ist doch hübsch. So, so …« Wieder wollte ihr einfach keine Beschreibung einfallen. »Kommt schon, wir schauen es uns genauer an«, versuchte sie positiv an die Sache ranzugehen,

Gleich sagt sie, dass Bobbyboy und ich jeder ein eigenes Zimmer bekommen werden und uns nicht mehr auf die Nerven gehen müssen, dachte ich. Darauf hätte ich gewettet. Ich kenne meine Mutter immerhin mein ganzes Leben lang, und das sind nun schon fast zwölf Jahre.

»Bobbyboy, guck doch mal, wie groß es ist. Du bekommst dein eigenes Zimmer und Melli auch. Wenn ihr wollt, jeder am anderen Ende des Hauses!«

Bobby schüttelte den Kopf. »Das kippt gleich um«, sagte er. »Da geh ich nicht rein.«

»Das kippt schon seit 200 Jahren nicht um, warum sollte es heute umkippen?«, sagte Mama. Sie lachte wieder ein bisschen gequält über ihren ziemlich unwitzigen Witz und stupste Papa an. »Hey, Big Bobby Bower, sag du doch mal was!«

Papa nickte und stieß dieses Gnarzen aus, das er immer von sich gibt, wenn etwas nicht nach Plan läuft oder wenn er auf etwas keine Antwort weiß oder wenn er einen Hefezopf vermasselt hat. »Gnrgnrgnhz.«

Papa gnarzt oft, weil er mit allen Arten von Plänen auf Kriegsfuß steht. Er weiß viele Antworten, meistens zu anderen Fragen, als man gestellt hat. Nur Hefezopf gelingt ihm fast immer.

Cindy Featherbreads Mops mit dem unappetitlichen Namen Broccoli bringt dieses Geräusch auch zustande, aber das liegt an seiner verwachsenen Nase. Meine Freundin Cindy vermisste ich schon jetzt. Broccoli vermisste ich nicht, dafür hatte er zu oft in meine Lieblingsumhängetasche gepinkelt. In die verkriecht er sich immer, wenn er Angst hat, und er hat vor allem und jedem Angst.

Falsch. Er *verkroch* sich in meine Lieblingsumhängetasche, musste es heißen. Vergangenheit! Denn so schnell würde das nicht mehr passieren. Broccoli war in New York, wo auch Cindy war und wo ich hätte sein sollen. Denn dort gehörte ich hin, dort war ich aufgewachsen und dort sollte ich im neuen Schuljahr die Hauptrolle im nächsten Theaterstück bekommen: Julia. Genau, die Julia, die sich ausgerechnet in Romeo verliebt und ihn nicht haben darf, weil …

Das war eigentlich alles egal. Ich war nun in Kohlfincken. Kennt jemand Kohlfincken? Nein? Kein Wunder, denn Kohlfincken ist so ziemlich der verlassenste und langweiligste Ort auf der ganzen Welt, dessen bin ich mir ganz sicher.

Und nun auch noch ein Haus, das aussah, als kippe es jeden Augenblick vornüber.

Wir hatten es von Emilie Bauerfeind geerbt, einer Urgroßschwiegercousine soundso vielten Grades. Bis zum Tag, an dem die Benachrichtigung über diese Erbschaft eingetroffen war, hatte niemand gewusst, dass es diese Urgroßschwiegercousine überhaupt gegeben hatte.

»Urteile nie nach dem ersten Eindruck«, ist einer der Grundsätze meiner Mutter.

Der erste Eindruck von diesem Haus war nur weitaus besser gewesen als der zweite und der dritte und wahrscheinlich alle weiteren. Es bröckelte an allen Ecken und Enden. Im ersten Stock waren zwei Fenster zugemauert, im zweiten eins mit Brettern vernagelt, der dritte Stock hatte nur völlig blinde Fenster, aber wenigstens waren sie nicht kaputt. Dafür klaffte im Dach oben links ein Loch und die Regenrinne hing ungefähr einen Meter hinab.

Nur die Klinken an der Tür waren hübsch. Sie hatten die Form zweier Tauben, die sich anschauen, und sie schimmerten wie die Messingknöpfe an Papas gutem Jackett. Eigentlich waren sie das Einzige an diesem Gemäuer, das glänzte. Man konnte meinen, die Griffe würden jeden Tag hundertmal von irgendwelchen Händen benutzt und dabei blank geputzt.

Ich schloss die Augen und konzentrierte mich auf meinen Atem, wie es uns in der Schule die Leiterin der Theatergruppe beigebracht hatte. Beim Einatmen stellte ich mir eine Öffnung oben auf meinem Kopf vor, sog den Atem durch dieses Loch, schickte ihn durch den ganzen Körper und ließ die Luft durch die Sohle der Füße hinaus. Beim zweiten Einatmen nahm die Luft den umgekehrten Weg: von den Füßen durch den Körper hinauf zum Kopf und aus dem Loch hinaus. Das Ganze machte ich fünf Mal.

Natürlich atmete man nicht wirklich durch ein Loch im Kopf und schon gar nicht durch die Füße. Man sollte es sich nur vorstellen, wie der Atem durch den ganzen Körper strömte und alle schlechten Gefühle mitnahm. Es sollte gegen das Lampenfieber helfen, bevor man auf die Bühne trat.

Lampenfieber war das schlimmste Gefühl, das ich bisher kannte – abgesehen von fast allen Gefühlen, die fast alle Jungs aus meiner Klasse erzeugten. Denen war mit Atemübungen nicht beizukommen.

Als ich Cindy damals das erste Mal von dieser Art zu atmen erzählt hatte, war ich mir selbst ein wenig sonderbar vorgekommen. Beim Gedanken, durch die Füße zu atmen, hatte Cindy sich geschüttelt. Vielleicht weil sie sich vorstellte, wie ein paar der Jungs diese Übung machten, besonders die Jungs, die niemals in Gegenwart von anderen ihre Turnschuhe ausziehen durften. Außer ein Sanitäter war in der Nähe. Aber die Methode, die Cindy wegen des Lochs oben auf dem Kopf auch Zombie-Atmen nannte, funktionierte bei mir normalerweise ziemlich gut.

In diesem Augenblick, vor diesem komplett vergammelten Gemäuer, tat sich jedoch überhaupt nichts. Für mich war das ein Hinweis mehr darauf, dass wir uns alle auf etwas gefasst machen mussten.

»Hörst du die Türglocke?«, sagte eine Stimme direkt neben mir. Ich zuckte zusammen.

Mama war hinter mich getreten und hatte mir ins Ohr geflüstert. Sie lachte.

Von einer Glocke oder Klingel hatte ich nichts gehört, aber im nächsten Augenblick war ich mir nicht mehr sicher, ob drinnen nicht doch ein Glöckchen geklingelt hatte.

Papa hantierte an einem Bund mit unzähligen Schlüsseln herum. Schon beim ersten Versuch, den Ring zu öffnen, an dem sie alle baumelten, purzelten die Schlüssel zu Boden.

»Oh, Mist«, gnarzte Papa. Er sammelte alle Schlüssel etwas

umständlich auf, steckte sie wieder auf den Ring und begann, sie reihum auszuprobieren.

Ich legte beide Hände an die Scheiben des kleinen Fensters neben der Tür. Ich konnte durch das bunt gemusterte Glas nicht viel erkennen, zumal es noch eine zweite Tür oder einen Windfang gab. Dahinter schien eine große Eingangshalle zu liegen, von der aus eine Freitreppe hinauf in die erste Etage führte.

Ein schwacher Lichtschimmer drang hindurch. Gerade als ich zurücktreten wollte, bewegte sich im Gegenlicht etwas. Eine Gestalt, sie huschte von links nach rechts.

»Da ist jemand im Haus«, flüsterte ich. Ich weiß nicht, warum ich flüsterte, aber irgendwie trauten sich keine lauten Töne über meine Lippen.

»Das kann nicht sein!« Mama hob die Schlüssel in die Höhe. Der richtige für die Haustür schien nicht dabei gewesen zu sein. »Die Bude ist verriegelt und verrammelt, und Einbrecher verirren sich ganz bestimmt nicht in ein Haus, das vielleicht bald umkippt. Du siehst Gespenster, Melli Bower.« Mama lachte. Es war ihr echtes Lachen, wie es keiner schöner hervorbringt.

Es dauerte noch eine ganze Weile, bis wir endlich ins Haus gelangten. An der Seite des Gebäudes erreichte man über einen schmalen Weg den hinteren Teil des Grundstücks. Von einem verwilderten Garten aus führte eine kleine Freitreppe zu einer Veranda mit einer verglasten Doppeltür.

»Vielleicht passt hier einer«, sagte Papa und begann von vorne, die Schlüssel auszuprobieren.

Hier, hinter dem Haus, sah alles netter aus, fand ich. Ein bisschen verwunschen und romantisch. Wahrscheinlich lag das an den vielen Blumen und blühenden Sträuchern, die das Grundstück überwucherten. Leuchtend roter Klatschmohn und tiefblaue Kornblumen wurden von Bienen und Schmetterlingen umtanzt.

Es war fast schon ein kleiner Park, in dessen Mitte ein wuchtiger Kastanienbaum stand. An einem der Äste baumelte eine Schaukel. Am anderen Ende des Geländes erahnte man einen Rundbogen und ein Rondell. Wenn mich nicht alles täuschte, war das einmal ein Rosengarten gewesen, auf jeden Fall hatten sich Rosen in allen Farben dieses Stück des Gartens erobert.

»Oder es steht irgendwo ein Fenster offen«, sagte Mama und stapfte durch das hohe Gras um das Haus herum. »Dann brechen wir in unser eigenes Haus ein.«

Mein Bruder setzte sich auf die Treppenstufen und seufzte.

Ich stieg die wenigen Stufen hinauf.

Der Boden der Veranda bestand aus einem Mosaik. Es war so verdreckt, dass man das Motiv kaum noch erkannte. Ich kniete mich hin und wischte es so gut es ging frei. Schmetterlinge kamen zum Vorschein, größer und bunter als die echten im Garten. Sie waren aus winzigen Glasperlchen so kunstvoll gelegt, dass sie fast so lebendig wie echte Insekten aussahen.

»Melli …«, machte Bobbyboy sich quengelnd bemerkbar. Ich war so abgelenkt von dem Strudel der flatternden Falter auf dem Mosaik, dass ich nicht sofort reagierte. »Meelliii!«, wiederholte Bobby, nun deutlich ungehaltener.

»Was denn?«, gab ich ein bisschen genervt zurück.

»Darf ich auf die Schaukel?«

Ich musste grinsen. Normalerweise bat er mich nie um irgendwas, schon gar nicht um Erlaubnis. Wahrscheinlich war ihm die ganze Sache mit dem Haus, das vielleicht bald umkippte, nicht geheuer. Da brauchte er ein bisschen schwesterliche Rückendeckung.

»Vielleicht ist sie genauso morsch wie alles hier«, gab ich zu bedenken.

Bobby sprang auf und umklammerte mich. »Büttteeee …«, spielte er den kleinen Jungen. Dann hüpfte er durch das hohe Gras, das ihm fast bis zum Gürtel reichte, auf den Baum zu. »Schiebst du mich an?«, rief er. Er saß schon fast auf der Schaukel.

Ich folgte ihm, kam aber zu spät. Erwartungsvoll blickte er mir von der Schaukel aus entgegen, als das Sitzbrett mit einem knirschenden Geräusch brach.

Mein Bruder landete mit dem Po auf der Wiese, mitten in den Splittern des zerborstenen Holzes. »Aua«, schrie er.

»Das war's wohl mit Schaukeln«, sagte ich.

»Bingo«, rief mein Vater in diesem Moment. »Der passt!« Er hatte den richtigen Schlüssel für die Verandatür gefunden.

»Komme schon«, schallte von irgendwo die Stimme meiner Mutter ums Haus.

Eine Besucherin mit Vergangenheit

Aurora irrte bereits seit einer Woche in dieser Villa herum. Meistens hatte sie in der schmutzigen Dachkammer voller Taubendreck und Spinnweben gesessen. Dort oben war sie ziemlich sicher, das spürte sie nach all der Zeit auf der Suche. Die Spinnen waren schrecklich groß, so groß wie eine Scheibe der kandierten Orangen, die Aurora so geliebt hatte, damals, als noch alles in Ordnung gewesen war.

Überall krabbelten sie herum, über die Dielen, an den Dachpfosten aus rauem Eichenholz hinauf, entlang der Streben, und dann seilten sie sich plötzlich hinab, hingen an ihrem seidenen Faden direkt vor Auroras Gesicht und starrten ihr in die Augen.

Früher hatte ihr ältester Bruder Ippolito alles stehen und liegen lassen, wenn er irgendwo im Castello, von dem aus ihr Vater die Stadt beherrschte, einen der schrillen Rufe Auroras hörte. Ippolito suchte dann so lange, bis er die Spinne gefunden hatte, und zerschmetterte sie mit dem, was ihm gerade in die Finger geriet, zur Not auch mit der flachen Hand.

Vielleicht verfolgen sie mich deshalb noch immer? Vielleicht sind es die Geister all der zermalmten Spinnen, und das war nun ihre Rache?, fragte Aurora sich. Die Geister von Spinnen, so ein Unsinn!

Nur wer eine Seele hatte, konnte ein Geist werden, das wusste Aurora doch schon lange. Aber vielleicht hatten Spinnen eine Seele, wer wusste das denn so genau? Foufou, der Kater, der früher immer in ihr Zimmer mit der weiten Aussicht über die Stadt geschlichen kam, hatte bestimmt eine Seele gehabt. Ein Blick in seine bernsteingelben Augen hatte das sofort verraten.

Oder die Spinnen waren Abgesandte des Einäugigen? Hatte er ihre Spur wieder aufgenommen, sie gefunden, jetzt, wo sie dem Ziel so nahe war? Er konnte fast jede Gestalt annehmen, nur sein Auge, das er schon vor ewigen Zeiten verloren hatte, verriet ihn. Beim nächsten Mal musste sie sich die Spinnen sehr genau ansehen und prüfen, ob einer von ihnen ein Auge fehlte.

Spinnen, Seelen, Geister – sei nicht töricht, ermahnte Aurora sich, und benimm dich nicht wie ein dummes Bauernmädchen. Du bist die Tochter eines Herzogs!

Das zählte jedoch nichts mehr.

Aurora konnte keine Befehle mehr geben, damit die Dienerschaft dann prompt ihre Wünsche erfüllte. Für alles musste sie selbst sorgen, und vor allem musste sie es hinnehmen, wenn der Ort, an dem sie sicher war, ein Dachboden voller Taubendreck und Spinnweben mitsamt den dazugehörigen Spinnen war. Im Vergleich zu ihrem letzten Versteck war dieses hier geradezu luxuriös.

Sie hatte es bis in diese Villa geschafft, über das Meer war sie gesegelt, über die Alpen gereist, durch klirrende Kälte und brennende Hitze. Zweimal hatte sie es fast geschafft, ihr Ziel fast erreicht, aber beide Male war es im letzten Moment misslungen. Die Pförtner hatten ihr nicht geglaubt.

»Geh zu Emilie Bauerfeind, in Kohlfincken. Das liegt in Deutschland«, hatte man ihr geraten. »Sie ist eine gute Frau, und sie lässt dich durch, sogar wenn du deinen Tribut nicht zollen kannst. Du wirst sie davon überzeugen, dass du unschuldig bist.«

Am Geld sollte es nicht liegen, daran sicher nicht. Der Tribut würde nicht das Problem sein.

Aurora setzte sich in den mit rotem Brokat bezogenen Armsessel. Sie hatte das passende Gegenstück dazu unten in der Bibliothek entdeckt. Dieser hier hatte nur drei Beine, als Ersatz für das vierte hatte jemand ein paar Ziegelsteine aufgestapelt, auf denen die Sitzfläche nun ruhte.

Es war egal, dass der Stuhl ebenso staubig war wie alles hier. Sogar die Hinterlassenschaft des gurrenden Federviehs machte ihr nichts aus. Seit Auroras Einzug trauten sich die Tauben nicht mehr durch die Dachluke hinein. An ihrem Kleid würde sowieso kein Schmutz hängen bleiben, so wie es nicht mehr nass wurde und niemals verschlissen und abgenutzt aussehen würde.

Es sah genauso aus wie an jenem schrecklichen Tag, unverändert, wie Aurora selbst. Es war ihr liebstes Gewand. Auf dem Fest zu ihrem vierzehnten Geburtstag hatte sie es zum ersten und einzigen Mal getragen, und Ippolito hatte von dem roten Burgunderwein darübergegossen, nicht absichtlich, natürlich nicht. Im wilden Tanz durch den Garten hatte sie ihren Bruder aus Versehen angestoßen.

Ihr Geburtstag wurde immer auf dem Landgut gefeiert, weil Aurora im Juli geboren war. Wenn die Stadt in der Sommerhitze kochte und der Gestank in den Gassen rund um das Schloss unerträglich wurde, gingen sie alle aufs Land.

Der Fleck war in der lindgrünen Seide der Schürze noch zu erkennen. Aurora strich mit einem Seufzer darüber und spürte die harte Münze in der geheimen Tasche, die die Schneiderin am Ansatz der Schürze geschickt eingenäht hatte.

Sic bot gerade genug Platz, um ein Tüchlein aus feinster Brüsseler Spitze darin zu verwahren oder eine Muschel, die man am Strand gefunden hatte, oder um den kleinen Tiegel mit Lippenrot zu verstecken, den Auroras Mutter nicht entdecken durfte. Oder die Münze, die sie so dringend für die Frau brauchte. Einen Gold-Dukaten, für den manch ein dunkler Bursche einen Mord begehen würde.

Aber das Haus war leer, die Frau nicht mehr da gewesen, als Aurora es endlich gefunden hatte. Das Goldstück war zu nichts nutze, das hatte Aurora geglaubt und sich schon der Verzweiflung hingeben wollen, aber dann war das Mädchen mit seiner Familie eingetroffen.

Eine nächtliche Begegnung

DAS ZIMMER, DAS WIR DURCH DIE VERANDATÜR BETRATEN, lag im Dämmerlicht. Die hölzernen Fensterläden waren geschlossen und durch die dünnen Lamellen drang kaum ein Sonnenstrahl herein.

Eine Truppe schauriger Gestalten begrüßte uns. Ich schreckte kurz zurück. Auf den zweiten Blick stellte sich jedoch heraus, dass jemand die Möbel mit Bettlaken und Tüchern abgedeckt hatte. *Mensch, Melli, jetzt siehst du schon Gestalten, die gar nicht da sind,* dachte ich. Ich musste ein bisschen über mich selbst lächeln.

Bobbyboy stapfte schnurstracks zu der offen stehenden Flügeltür auf der gegenüberliegenden Seite des Raums. Von einem mulmigen Gefühl, das ihn im Garten vielleicht noch zurückgehalten hatte, war nichts mehr zu erkennen.

»Ich muss mal«, rief er und verschwand irgendwo im Haus.

»EIN UNGEHEUER!!!!!«, gellte uns Bobbyboys Stimme keine drei Sekunden später entgegen.

Wir rannten alle los, ich erreichte die Eingangshalle der Villa als Erste.

Bobby stand auf dem ersten Absatz der Freitreppe vor einem Bär mit hoch erhobenen Tatzen. Das Maul hatte es weit aufgerissen, grässliche Zähne darin würden den kleinen Bobby gleich zerfleischen. Mein Bruder rührte sich nicht. Er stand genauso starr da wie sein Gegenüber, denn das Biest war ausgestopft.

»Uaarrrrr«, machte ich den Bären nach und erhob dabei selbst die Arme wie das mächtige Tier. Dann brach ich in schallendes Gelächter aus.

Im Gegensatz zu dem braunen Zotteltier, das keinen Ton von sich gab, schrie Bobbyboy jetzt mit zugekniffenen Augen in grässlich schrillen Tönen. Mein Bruder kann sehr durchdringend und ausdauernd brüllen. Außerdem glaubt er, dass man nur die Augen schließen muss, und schon verschwinden schlimme Dinge, vor denen man Angst hat.

Meine Eltern und ich taten das, was wir immer tun, wenn Bobbyboy in einen solchen Zustand gerät. *Klatsch, klatsch, klatsch* schlugen wir alle gleichzeitig die Hände ineinander, das war ein Signal, das besser als jedes beruhigende Wort zu Bobby durchdrang. Augenblicklich verstummte er. Im nächsten Moment öffnete er ein, dann das andere Auge.

»Der ist ausgestopft«, sagte Mama.

»Und tot«, sagte Papa.

»Ach so«, sagte Bobbyboy, als sei nichts gewesen.

»Wie alles andere hier auch«, sagte ich, denn ich hatte mit

einem schnellen Blick durch die Eingangshalle des Hauses begriffen, dass wir uns auf einem Friedhof befanden. So einer Art Friedhof jedenfalls.

Die Halle zog sich über zwei Stockwerke in der Höhe. Rundherum an den Wänden standen mannshohe Glasschränke. Soweit ich es erkennen konnte, beinhalteten sie auf Samtkissen präsentierte Schmetterlinge, überall, rundherum, Schmetterlinge, Schmetterlinge, Schmetterlinge.

Über den Vitrinen befanden sich Holzbretter, von denen uns täuschend echt wirkende Murmelaugen anstarrten: eine zweiköpfige Ziege, ein Schwertfisch, ein Weißkopfadler mit ausgebreiteten Schwingen und andere Trophäen von allen Kontinenten. Die Wände waren bis zur Decke hinauf mit Geweihen behangen. Ich fragte mich, ob meine Urgroßschwiegercousine soundso vielten Grades im Nebenberuf Großwildjägerin gewesen war.

»Wow!«, seufzte Papa. Er war in die Mitte der Halle gegangen und hatte den Kopf weit in den Nacken gelegt. »Guckt mal!«, flüsterte er.

Mama schaute nach oben. »Wow!«, brachte auch sie hervor.

»Ich habe Hunger«, knurrte Bobbyboy.

Ich hob ebenfalls den Blick.

Durch das bunte Glas eines Oberlichts fielen nur noch die schwachen Strahlen der untergehenden Sonne, trotzdem tauchten sie den Raum in ein Meer von Farben. Sie ließen die falschen Augen der ausgestopften Tiere so lebendig funkeln. Die bunten Scheiben wirkten wie ein Mosaik, das sich zu einem bunten Wirbel drehte. Ich erkannte sofort, dass das farbige Glas das gleiche Motiv darstellte wie das Mosaik auf der Veranda: Es waren Schmetterlinge. Sie schienen fast lebendig zu sein, als würden sie gerade hoch oben durchs Oberlicht hinausflattern.

Ich konnte meinen Blick nicht abwenden. Je länger ich nach

oben in das bunte Licht starrte, desto stärker überkam mich das Gefühl, selbst die Flügel schwingen zu wollen, um hinauszufliegen.

Plötzlich überfuhr mich ein eisiger Schauer. Die Härchen auf meinen Armen stellten sich auf. Die Kälte befreite mich aus der Starre. Ein Knirschen und Knacken erfüllte den Raum. Etwas quietschte, ein Luftzug, ein Sausen. Jemand stieß ein gequältes Gewimmer aus.

»Melli, ist alles in Ordnung?«, fragte Mama.

Mir war ein bisschen schwindelig. *Schön atmen, Melli Bower!*, beschwor ich mich im Stillen, *schön atmen.* Augen zu. Kopf. Füße. Füße. Kopf. Fünf Mal. Oder besser zehn Mal. Nach dem siebten Mal öffnete ich die Augen.

Mama musterte mich mit diesem forschenden Blick, mit dem sie mich morgens manchmal ansah, wenn sie befürchtete, dass mich die Grippe erwischt hatte.

»Hast du das gehört?«, fragte ich.

»Was gehört?«

»Das Knarren und Quietschen …«, antwortete ich.

»Na, so ein alter Kasten knarrt und quietscht, das ist normal«, sagte sie leichthin. »Kommt, wir sollten uns ums Abendbrot kümmern, und dann geht's ab in die Federn. Morgen haben wir viel zu tun. Im Brief von diesem Notar stand, dass wir es uns am besten erst einmal in der kleinen ehemaligen Dienstbotenwohnung bequem machen sollen. Morgen kommt er dann mit den nötigen Papieren und Urkunden fürs Erbe.«

Fast wie zur Bestätigung ihrer Worte erlosch das Farbenspiel plötzlich. Die Sonne war untergegangen.

WAS »ERBEN« BEDEUTETE, hatte Mama uns noch in New York erklärt: Ein Verwandter stirbt, und alle sind traurig und kurz darauf sehr froh, weil sie die dollsten Dinge bekommen, die vorher dem Toten gehört haben: Geld, Gold, Edelsteine, ein schickes Auto. Cindy Featherbreads Cousine hat sogar mal ein Pony geerbt.

Bei uns sah die Sache ein wenig anders aus.

Emilie Bauerfeind war unsere Verwandte gewesen, auch wenn wir vorher noch nie von ihr gehört hatten. Wer kennt auch schon seine Urgroßschwiegercousine soundso vielten Grades? Emilie war tot und wir waren die Erben. Von Geld, Gold, Edelsteinen konnte allerdings keine Rede sein. Dafür gab es die Villa, die vielleicht bald umkippte.

»Siehst du, Schätzchen«, hatte Mama in New York beim Abflug gesagt, »wir sind nun mal ein bisschen knapp bei Kasse, weil dein Papa etwas unvorsichtig gewesen ist. Da kommt uns diese Erbschaft gerade recht.«

Die ganze Wahrheit war: Wir waren nicht ein bisschen knapp bei Kasse, sondern total pleite, auch wenn es niemand zugab. Wir mussten uns sogar das Geld für den Flug nach Deutschland leihen.

Papa war einem angeblich »total vertrauenswürdigen« Mann auf den Leim gegangen und hatte unser ganzes Geld in eine Firma gesteckt, die angeblich wunderschöne Häuser am Tullamore-See irgendwo im tiefsten Westen der USA baute. Leider war der Typ ein gemeiner Betrüger und der Tullamore-See ein kleiner Wassertümpel, kaum größer als ein Handtuch, an dessen Ufer nicht einmal eine Hundehütte Platz gefunden hätte.

»Außerdem ist dieses Kaltfincken …«

»Nein, Kohlfincken, Mama, nicht Kaltfincken«, hatte ich sie verbessert.

»Ja, dieses Kohlfincken ist eigentlich schon immer unsere Heimat … sozusagen … äh … wenn man es genau nimmt.«

Man musste es sehr, sehr genau nehmen, und selbst dann stimmte nicht viel an diesem Satz. Die Bowers hießen vor knapp

200 Jahren noch Bauerfeind und lebten in Kohlfincken. Weil damals alle sehr arm waren und es auch irgendwelchen Ärger mit der Obrigkeit gab, wanderten Vorfahren von Papa nach Amerika aus, wo man angeblich im Nullkommanichts Millionär werden konnte. Sie ließen das *feind* in ihrem Namen weg und nannten sich Bower, weil das auf Englisch genauso klang wie Bauer und ohne ein *feind* im Namen freundlicher wirkte. Aus den deutschen Bauerfeinds wurden die amerikanischen Bowers. Zum Millionär hat es dann allerdings niemand gebracht.

Aber jetzt hatten wir dieses Gemäuer. *Immerhin*, dachte ich nun, denn irgendwie hatte das Haus etwas Besonderes, das spürte ich spätestens seit dem ersten Schritt über die Schwelle des Gartenzimmers. Ich begann mich mit der Villa anzufreunden, auch wenn noch völlig ungewiss war, ob wir sie jemals so richtig bewohnbar machen konnten.

Das Abendbrot war eher ein Picknick, das wir auf den Stufen der Veranda verputzten: ein paar Sandwichs, die Papa unterwegs gekauft hatte, zwei Müsliriegel aus dem Flugzeug und Limonade, die im Hause Bower sonst auf der Roten Liste der Ernährung stand. Die Limonade war ein weiterer Pluspunkt für unseren Aufenthalt in Kohlfincken, der allerdings schnell wieder weggewischt wurde, als wir im engen Flur der kleinen Dienstbotenwohnung standen: Es gab keinen Strom, auch nicht, nachdem Papa alle Sicherungen geprüft hatte.

»Vielleicht gibt es einen Hauptschalter, den wir noch nicht gefunden haben«, überlegte er laut.

Von eigenen Zimmern, die Mama uns versprochen hatte, konnte zumindest in der ersten Nacht keine Rede sein. Die Dienstbotenwohnung bestand neben einer winzigen Küche und einem Bad aus zwei Kammern, die zusammen fast kleiner waren als Bobbys und mein Zimmer in New York.

In beiden Zimmerchen stand ein Stockbett. Im Schein der Kerzen, die Papa in der Küche gefunden hatte, sah es fast gemütlich aus. Nur die Bettwäsche roch muffig.

»Morgen nehmen wir die Dinge genauer in Augenschein. Das wird schön, macht euch keine Sorgen«, sagte Mama mit so viel guter Laune, dass ich sofort wusste: *Sie* machte sich Sorgen. »Mit ein paar Ideen …«

»… kriegen wir das schnell in den Griff«, vollendeten Bobby und ich wie aus einem Mund den Satz.

»Wenn wir hier ordentlich gewedelt und gesaugt und geputzt und gewienert haben, sieht alles viel besser aus.« Dabei stupste sie Papa in die Seite.

»Klar«, sagte der ohne jedes Gnarzen, und auch das war kein gutes Zeichen. »Viel besser. Und sooo schlecht sieht es doch gar nicht aus?« Er stupste Bobbyboy in die Seite.

»Ich will oben schlafen«, sagte mein Bruder.

»Robert Bower!«, ermahnte Mama ihn. »Herr Ichwill ist leider ausgegangen, frage Herrn Ichmöchtegern!«

»Ich möchte gern oben schlafen«, verbesserte Bobby sich.

»Da bist du auf das Wohlwollen deiner Schwester angewiesen.« Papa lachte. »Man lässt den Damen den Vortritt.«

Bobbyboy verdrehte die Augen. »Melli ist keine Dame. Die klettert auf Bäume, und Damen klettern nicht auf Bäume.«

Da hatte er ausnahmsweise recht. Ich fragte mich, woher er seine Weisheiten über damenhaftes Verhalten hatte. »Pass auf, dass dir nicht schwindelig wird dort oben.«

Bobby fiel mir um den Hals und kletterte schnell ins obere Bett.

Ich setzte mich auf die untere Matratze, die so tief einsackte, dass ich nach hinten kippte. Bei jeder Bewegung ächzten und quietschten die Sprungfedern.

Ein Lufthauch fuhr durch das kleine Zimmer. Er wurde begleitet von einem leisen Pfeifen, jedenfalls dachte ich das im ersten Augenblick. Aber es war kein Pfeifen. Es waren Worte. Die Flamme der Kerze auf dem kleinen Tisch gegenüber dem Bett flackerte und erlosch.

»Ach herrje«, stöhnte Mama. »Wir brauchen schnellstmöglich Strom.« Sie versuchte, die Kerze wieder anzuzünden.

Ich krallte die Finger in die Decke und zog sie bis ans Kinn. Etwas stimmte nicht. Ich war mir plötzlich ganz sicher, dass noch jemand im Raum war – genau wie in dem Moment, als es in der großen Halle so kalt geworden war.

Aber in der Dunkelheit war nur schemenhaft die Gestalt meiner Mutter zu erkennen, der es erst mit dem dritten Streichholz gelang, wieder Licht zu machen. »Gute Nacht, ihr Süßen. Ich lasse die Tür auf, okay?«, zwitscherte sie übertrieben freundlich. »Träumt schön! Die Dinge, die man in der ersten Nacht in einem neuen Haus träumt, gehen in Erfüllung.«

Über mir sank Bobby nach ein paar Minuten in tiefen Schlaf, aus dem man ihn bis Sonnenaufgang kaum würde aufwecken können. Ab und zu gluckste er, einmal kicherte er sogar. Das war ein gutes Zeichen, vielleicht hatte er einen schönen Traum.

Viel länger als Bobby konnte auch ich die Augen nicht offen halten. Aber ich schreckte schon bald wieder auf, jedenfalls hatte ich das Gefühl, dass kaum Zeit vergangen war. Ich schaute auf meine Armbanduhr mit den Leuchtzeigern, die Cindy mir zum Geburtstag geschenkt hatte.

Sie war eine Minute vor Mitternacht stehen geblieben. Der Sekundenzeiger, auf dem sonst ein winziger Marienkäfer seine Runden um das Zifferblatt drehte, rührte sich nicht mehr.

»Bei jeder Bewegung, die du machst, zieht sie sich von selbst auf«, hatte Cindy gesagt. Diese Uhr könne nie stehen bleiben, außer man lege sie für eine Woche in die Schublade. Aber das tat ich nie. Es war die Erinnerung an meine beste Freundin, die trug ich immer bei mir.

Leise drehte ich mich halb aus dem Bett und tastete nach dem kleinen Reiserucksack, den ich vor dem Schlafengehen dort abgestellt hatte. Irgendwo musste doch mein Smartphone sein. Das Gerät war eine ziemlich alte Krücke, wie Cindy nicht müde geworden war, mir zu versichern. Sie hatte immer die neuesten Modelle von allem, weil ihr Vater ein großes Tier in einer New Yorker Firma war und dort ganze Wolkenkratzer kaufte und verkaufte und immer reicher wurde.

Das Smartphone war verschwunden. Ich wühlte zwischen der Zahnbürste, meinem Tagebuch, frischen Unterhosen und all dem anderen Kram. Als ich das Handy endlich fand, hatte es keinen Empfang. Aber immerhin wusste ich nun, dass ich doch schon eine ganze Weile geschlafen hatte. Es zeigte fast drei Uhr in der Nacht an. Auf einmal flackerten die Zahlen, wechselten auf halb zehn und plötzlich stand die Uhr auf kurz nach Mitternacht. Ich gab es auf, das Ding war tatsächlich eine alte Krücke, ich musste Cindy zustimmen. Spät war es auf jeden Fall.

Mitten in der Nacht in einem knarrenden alten Haus aufzuwachen und Pipi zu müssen, war das Letzte, was ich mir gerade wünschte. Aber genau das musste ich. Vorsichtig schlüpfte ich aus dem Bett und beleuchtete mit dem Display des Smartphones den Weg zur Tür. Ich kam genau zwei Schritte weit, als der Akku piepste, und einen weiteren Schritt später verabschiedete er sich ganz. Der Akku war leer. Um mich herum war es stockfinster.

Einen kurzen Moment hielt ich inne, weil Bobby sich mit einem lauten Seufzer von einer Seite auf die andere warf. Die schönen Träume waren wohl vorüber.

Ein kalter Schauer fuhr mir über den Rücken. Nur mit einem Pyjama bekleidet, war diese kühle Zugluft sehr unangenehm;

sie war nicht nur kühl, sondern richtig eisig, obwohl es tagsüber sommerlich warm gewesen war.

Als Bobby wieder gleichmäßig atmete, tastete ich mich zu dem Tisch vor. Ich fand zwar die Kerze, aber keine Streichhölzer. Mama hatte sie mitgenommen.

»So ein Mist«, entfuhr es mir.

Ein Wispern drang wie ein Echo durch die halb offene Tür aus dem Flur.

Ich erstarrte. »Mama, bist du das?«, fragte ich. Der Versuch, meiner Stimme einen festen Klang zu geben, misslang.

Etwas, das wie ein Kichern klang, war die Antwort.

»Mama, das ist gemein«, flüsterte ich. »Hör auf damit …« Ich wollte hinaus aus der Kammer zu meiner Mutter schleichen. Die Tür schlug jedoch mit Schwung direkt vor meiner Nase zu – ohne den geringsten Laut. Ich schreckte zurück. Dann gab ich mir einen Ruck und drückte die Klinke. Die Tür bewegte sich keinen Millimeter. Jemand hielt von draußen dagegen.

»Mama, ich mach mir in die Hose, lass mich raus«, drohte ich mit gedämpfter Stimme. Plötzlich ließ der Widerstand nach, die Tür öffnete sich und ich stolperte über die Schwelle.

Der Gang war leer.

Aber an seinem Ende sah ich jemanden um die Ecke verschwinden. Ich erahnte es mehr, als dass ich es sah. Es war auch keine Person, sondern nur eine Art Schleier oder Umhang. Ohne zu überlegen, machte ich ein paar schnelle Schritte darauf zu. Ein unterdrücktes Glucksen drang um die Ecke. Jetzt war der Luftzug wieder eisig kalt. Ich zögerte.

Irgendwie war mir längst klar, dass nicht meine Mutter hinter dieser Ecke auf mich wartete. *Zurück*, ermahnte mich eine innere Stimme, *geh zurück!* Aber ich hörte nicht darauf.

»Hallo? Wer ist da?«, fragte ich in die Dunkelheit.

Wieder das Kichern. Es musste ein Mädchen sein oder eine

junge Frau. Auf Zehenspitzen bewegte ich mich nach vorne. Wenn ich mich richtig erinnerte, führte der Gang hinter der Ecke noch ein Stück weiter, dann kam eine unscheinbare Tür, die zur großen Halle mit den ausgestopften Tieren führte. Von der Halle aus war die Pforte nicht zu sehen, früher konnten hier die Dienstboten unauffällig kommen und gehen.

Ich tastete mich dicht an der Wand entlang. Meine Augen hatten sich an die Dunkelheit gewöhnt. Ich linste um die Ecke und sah – nichts. Ich schlich weiter zu der kleinen Tür und öffnete sie vorsichtig. In der Halle war es ein wenig heller als in dem engen und dunklen Teil für die Dienstboten. Der Mond schien durch das Oberlicht. Etwas klirrte, als ob jemand eine der Glasvitrinen hastig geschlossen hatte.

Geh zurück, befahl etwas in mir, *geh zurück und zieh dir die Decke über den Kopf. Oder noch besser: Weck Papa. Oder noch viel besser: Weck Mama. Oder beide.*

Ich lief jedoch weiter. Obwohl ich mich auf die ganzen Monster, die mich in der Halle erwarteten, gefasst gemacht hatte, musste ich doch tief durchatmen, als sie von ihren Podesten und Regalen auf mich hinabschauten. Es schien so, als folgten sie mir mit den Blicken.

Ein helles Lachen erklang, genau in dem Moment, als ich einer ausgestopften Hyäne ins Maul schaute. Hyänen stießen Laute aus, die einem Kichern ähnelten, das hatte ich im Zoo schon einmal gehört. Dieses Exemplar sah aus, als würde es grinsen – aber richtig kichern? Das konnte dieses mottenzerfressene, ausgestopfte Biest garantiert nicht.

»Du Biest bist tot«, sagte ich laut und deutlich, um mir Mut zu machen.

Wie zur Bestätigung seufzte jemand todtraurig. Der Laut kam von oben. Ich hob den Blick. Ganz oben auf dem Treppenabsatz des ersten Stockwerks stand ein Mädchen.

Ich schnappte nach Luft. *Atmen*, sagte ich mir. *Kopf, Füße, Kopf. Die Luft durch alles strömen lassen.* Ich kniff die Augen zusammen und öffnete sie sofort wieder.

Das Mädchen war nicht verschwunden.

Ihr wallendes Haar hatte die Farbe des Fells einer Füchsin. Es fiel ihr über die Schultern. Sie trug ein eng geschnürtes Kleid, dessen Ärmel mit Schleifen an den Schultern gehalten wurden. Unter dem weiten Rock waren die Rüschen von ausladenden Unterröcken zu sehen. Als sie sich umdrehte und davonlief, bauschte sich ein Schleier auf, der hinten an ihrem Stirnband befestigt war. Damit erzeugte sie einen kalten Luftzug, der meinen ganzen Körper mit einer Gänsehaut überzog.

Ich dachte einen Herzschlag zu lange nach, was ich tun sollte. Als ich die Treppe hinaufrannte, um dem Mädchen zu folgen, war die unheimliche Besucherin schon um die nächste Ecke verschwunden. Wieder spürte ich den kalten Luftzug.

»Bleib stehen«, rief ich. »Wer bist du?«

Statt einer Antwort hörte ich nur das Quietschen einer Tür. Ich verlangsamte meine Schritte.

Plötzlich herrschte völlige Stille. Das Haus knirschte und knackte nicht, nicht einmal meinen eigenen Atem konnte ich hören.

Im Gang, der nach links führte, glaubte ich eine Bewegung wahrzunehmen. Auf Zehenspitzen schlich ich hinüber. Der Flur erschien mir ungewöhnlich lang.

Die letzte Tür auf der rechten Seite stand offen.

Du solltest nach unten gehen und deine Eltern wecken, warnte eine innere Stimme mich wieder. Wenn dieses Mädchen ins Haus gelangt war, konnten auch noch andere Besucher herumgeistern. Am Ende tummelte sich hier eine ganze Diebesbande, die das Mädchen nur vorgeschickt hatte, um die Villa auszuspionieren.

Durch die offene Tür fiel ein flackernder Schein in den Flur. *Einen Blick nur*, dachte ich, *einen einzigen Blick werfe ich rein, und dann nichts wie weg.* Vorsichtig setzte ich einen Fuß vor den anderen. Da ich keine Schuhe trug, näherte ich mich fast lautlos dem Zimmer.

Ein Zimmer, das ein Paar Geheimnisse birgt

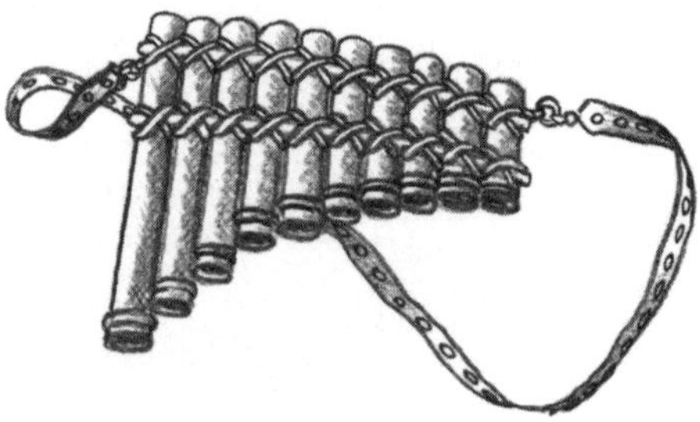

DER LICHTSCHEIN IM ZIMMER rührte von unzähligen Kerzen, die in Wandleuchtern und auf wuchtigen Ständern brannten. Im Kamin prasselte ein Feuer. Die Möbel waren nicht – wie in dem Gartenzimmer – mit Tüchern abgedeckt. Der Raum wirkte, als seien die Bewohner nur gerade eben hinausgegangen, um jeden Augenblick zurückzukehren.

Es war das Zimmer einer Frau. An der einen Seite stand ein ausladender Frisiertisch mit Bürsten und Kämmen und Töpfchen und Fläschchen für Cremes und Parfüm. Tapeten aus dunkelblauem Stoff bedeckten die Wände, die Vorhänge bestanden aus blauem Samt und das große Himmelbett gegenüber dem Frisiertisch hatte einen azurblauen Baldachin. In den Ecken standen ähnliche Glasvitrinen wie die in der großen Halle, nur dass diese nicht mit Schmetterlingen gefüllt waren.

Ich gab mir einen Ruck.

Ich stellte mich in die Mitte des Raumes und sprach laut und deutlich: »Wo bist du? Komm heraus, wenn du dich hier versteckst.« Ich wartete ein paar Augenblicke, aber nichts und niemand rührte sich. »Nun gut, dann muss ich dich eben suchen«, sagte ich mit erhobener Stimme, so wie ich es in der Theatergruppe gelernt hatte. Einerseits sollte es die Person auf jeden Fall hören, andererseits machte ich mir selbst ein bisschen Mut damit.

Ich schaute zuerst unter dem Bett nach, schob die Vorhänge vor den Fenstern zur Seite und durchsuchte den Kleiderschrank, in dem aber nur die altmodischen Röcke und Blusen einer alten Frau hingen.

Meine Urgroßschwiegercousine Emilie schien eine Sammlerin von allem und jedem gewesen zu sein. Erst jetzt nahm ich das wilde Durcheinander von Gegenständen richtig wahr. Sonderbare Dinge standen und lagen hier und dort und überall herum. Es erinnerte alles an einen Flohmarkt.

Ein Modell von einem Doppeldecker-Flugzeug hing von der Decke. Viele verschiedene Figuren aus Porzellan, andere aus Keramik oder Stein füllten ein Regal. Ich entdeckte eine Kiste mit kleinen Werkzeugen, die man wohl für die Reparatur von winzigen Dingen nutzte, eine Scheibe aus rötlichem Metall, in das ein Sternenhimmel mitsamt den Tierkreiszeichen eingeritzt waren, Teddybären und Puppen, eine gewundene Muschel, groß wie eine Wassermelone, ein Paar ausgetretene, schmutzige Fußballschuhe, Zigarettenspitzen aus Elfenbein, silberne Tabaksdosen und scheinbar völlig wertlose Dinge, wie ein Billett für ein Kettenkarussell oder ein Lederbeutel voller alter Kronkorken.

Woher mochte Emilie all diese Dinge haben? Hatte Mama nicht gesagt, dass sie Kohlfincken niemals verlassen hatte?

Als ich vor den verschnörkelten Schreibtisch mit seinen Schubladen und verschlossenen Fächern trat, zögerte ich. Ich fragte mich, ob ich wirklich das Recht hatte, darin herumzuschnüffeln. Hier hatte die Verstorbene bestimmt ihre ganz privaten Geheimnisse versteckt. Zu Hause durften Mama und Papa niemals in meinem Schreibtisch kramen, das war eine strenge Regel.

»Jeder hat ein Recht auf Privatsphäre«, betonte Mama immer. »Auch Kinder!«

Und ganz bestimmt Tote, dachte ich. *Aber andererseits gehörte das Haus doch nun uns?*

Der Schreibtisch war ein Sekretär, bei dem man die Schreibfläche erst herunterklappen musste, dann kam eine Schreibunterlage zum Vorschein und darüber befand sich ein Aufsatz mit vielen Fächern. Einige waren gefüllt mit Notizbüchern, auf deren Rücken jeweils ein mit der Hand beschriftetes Schildchen klebte. Sie waren nach Jahreszahlen geordnet. In anderen Fächern waren Bleistifte und Füllfederhalter verstaut, ein paar Radiergummistummel, allerlei Papiere und ein Anspitzer in der Form eines Seehundes, der einen Ball auf der Nasenspitze balancierte. In einem Karton lag Briefpapier, das an den Seiten mit Klatschmohnblüten bedruckt war. Ich musste an die Blumen im Garten denken. Vielleicht waren das Emilies Lieblingsblumen gewesen.

Ich nahm eines der Notizbücher und schlug es auf. Die Seiten waren grün liniert und am Rand schon ein bisschen braun angelaufen. In einer Spalte links stand jeweils ein Datum, daneben kurze Notizen in zittriger Schrift, oft mit Abkürzungen versehen.

KvL, schwierig, Erasmus um Hilfe bitten!!, stand neben einem

Eintrag und das Datum: *23. Februar 1931.* So reihten sich die Auflistungen von Kürzeln, Namen, Daten und Zahlen. Unter dem 12. März 1924 hatte Emilie vermerkt: *Lola LaMar, Modellflugzeug,* und zusätzlich hatte sie ein Wort dreimal wiederholt und ebenso dreimal unterstrichen: *Endlich, endlich, endlich!!!*

1924. Das Datum lag 93 Jahre zurück. Wenn ich mich richtig erinnerte, war Emilie nur 91 Jahre alt geworden. Also konnte sie diesen Eintrag nicht gemacht haben.

Mein Blick wanderte zu dem Doppeldecker, der von der Decke hinabbaumelte. Da war ein Schriftzug auf der Heckflosse zu erkennen. Ich stieg auf einen Hocker und reckte mich, so weit ich konnte.

»Lola«, flüsterte ich. Dort stand *Lola.* Hatte dieses Spielzeug etwas mit dem Eintrag in dem Notizbuch zu tun? *Lola LaMar. Modellflugzeug. Endlich, endlich, endlich!!!*

Nachdenklich ging ich zurück zum Sekretär und fuhr mit dem Finger über die Hefte. Eines sah ein wenig anders aus als die anderen, weniger alt und es hatte andere Farben. Ich nahm es und setzte mich auf das sonderbare Sofa, das nur an einer Seite eine Lehne hatte. Ein paar weiche einladende Kissen und eine plüschige Decke lagen darauf.

Das Heft war hellblau und ziemlich dick, das Papier darin noch nicht vergilbt. Aber die Seiten waren ebenso wie in den anderen Büchlein liniert und in zwei Spalten aufgeteilt: Datum und Namen, Bemerkungen, hier und da eine Warnung: *08. Dezember 2011, Servatius Blumenthal, Passage verweigert, könnte gefährlich werden, Meldung machen.* Die Handschrift hatte sich verändert. Diese hier war zwar auch ein wenig zittrig, aber viel geschwungener als die in den älteren Notizbüchern.

Den letzten Eintrag hatte meine Urgroßschwiegercousine sound so vielten Grades nur wenige Tage vor ihrem Tod gemacht: *Ankunft des italienischen Mädchens ungewiss, kann nicht mehr warten, habe die Pforte verschlossen. Meine Erbin wird sich hoffentlich um das Mädchen kümmern.*

Was hatte es mit dem Mädchen auf sich, dessen Ankunft Emilie erwartet hatte? *Bin ich vielleicht selbst gemeint?*, fragte ich mich. Oder hatte meine verstorbene Verwandte noch jemand anderen erwartet? Natürlich hatte sie das – sie hatte von einem *italienischen* Mädchen geschrieben.

Ein tiefes Gähnen überfiel mich.

Ein Schauer fuhr mir über den Rücken. Obwohl das Kaminfeuer lichterloh brannte, wollte es in diesem Zimmer einfach nicht warm werden. Meine Zähne schlugen aufeinander, so kalt war es. *Viel zu kalt für die Jahreszeit*, dachte ich und zog mir die Plüschdecke bis zum Kinn. Langsam wurde mir warm, aber vor meinen Lippen sah ich die Atemwölkchen wie an einem eisigen Wintertag. Dann konnte ich die Augen nicht mehr offen halten.

Ich spürte, wie mir das Notizbuch aus den Fingern rutschte und ich einschlief. »Träume … erste Nacht … wahr … nicht schlafen«, hörte ich meine Stimme noch, bevor alles schwarz wurde.

Ich schreckte aus einem tiefen und unruhigen Schlaf auf. Jemand hatte zu mir gesprochen, ich konnte aber nicht einordnen, ob es im Traum oder nach dem Aufwachen gewesen war. Im ersten Moment wusste ich nicht einmal, wo ich war. Dann erinnerte ich mich an die Villa, den Salon, an die vielen Kerzen in den verschnörkelten Haltern um mich herum, das Sofa, auf dem ich mich unter die Decke gekuschelt hatte.

Ich schaute mich um. Hier war niemand, der zu mir sprechen konnte.

Was hatte die Person gesagt? Und wer war es gewesen? Das Geträumte zerfiel mit jedem Wimpernschlag, den ich machte. Es löste sich in nichts auf, je stärker ich versuchte, es zu halten.

»*Öffneee … die Pfoor … teee…*«, säuselte es in diesem Moment durch den Salon.

Da waren sie wieder, das waren die Worte gewesen, aber ich wusste immer noch nicht, wer da zu mir sprach. Eines war jedoch klar: Ich war hellwach.

Das Feuer im Kamin loderte auf und erstarb ganz plötzlich. Meine Zähne schlugen bibbernd aufeinander, so kalt war es geworden. Ich fror schrecklich. Nein, das war kein Traum mehr, das wusste ich nun.

Wo war die Decke geblieben, in die ich mich gekuschelt hatte? Vielleicht hatte ich mich im Schlaf freigestrampelt? Das passierte mir dauernd, aber seltsamerweise entdeckte ich die Decke ordentlich zusammengelegt auf dem Stuhl vor Emilie Bauerfeinds Schreibtisch.

Ich ging hinüber, strich mit einer Hand über den sandfarbenen Plüsch. Eines war ganz sicher: Ich hatte diese Decke über mich gezogen, und ich hatte sie nicht gefaltet und auf den Stuhl gelegt, es sei denn, dass ich neuerdings schlafwandelte und solch sinnvolle Dinge dabei erledigte, wie aufzuräumen.

Auf diese Idee, da war ich mir ganz sicher, würde ich auch nicht im Schlaf kommen, obwohl es eigentlich eine ganz praktische Lösung gewesen wäre. Der Ärger, den ich oft mit Mama wegen der Unordnung in meinem Zimmer hatte, wäre jedenfalls über Nacht hinweggewischt.

Mit einem Schlag erloschen alle Kerzen.

Ich kniff im ersten Schreck die Augen zu, öffnete sie wieder, wiederholte beides noch einmal und stellte fest, dass tatsächlich keine einzige Kerze mehr brannte. Langsam gewöhnten sich meine Augen an die Dunkelheit, die bereits der ersten Morgendämmerung wich.

Ich beschloss, den Rest der Nacht in meiner Schlafkammer im Erdgeschoss zu verbringen. Ich würde mich nicht mehr von all dem Geraschel und Gesäusel verrückt machen lassen. Bei Tageslicht sah alles bestimmt ganz anders und harmlos aus.

Beim Gedanken an die dunklen Ecken, Zimmer und Flure des Hauses wurde mir ein bisschen mulmig, schließlich musste ich den ganzen Weg hinunter in die Schlafkammer alleine und im diffusen Zwielicht des frühen Morgens zurücklegen.

»Ich habe keine Angst, ich habe *keine* Angst«, flüsterte ich.

Ich tapste hinaus auf den Flur, nach rechts – ich war doch von rechts gekommen, oder? –, richtig, da war die Freitreppe, die ich hinabsteigen musste. Dort senkte ich den Blick. Weder der ausgestopfte Bär noch die aufgespießten Schmetterlinge, keine Geweihe und in Gläser mit Alkohol eingelegte Schlangen sollten mich von meinem Weg abbringen oder einen Schrecken einjagen, aber …

Vielleicht kicherten die Hyänen doch? Vielleicht schlug der Bär nach mir? Vielleicht …

»Jetzt hör auf, dich wie eine blöde Tussi zu benehmen,« ermahnte ich mich. Ich sprach selten mit mir selbst, außer auf dem Zehnmeterbrett im Schwimmbad, wenn die Jungs unten standen und blöde Bemerkungen machten und ich mir Mut zusprechen musste. »Schluss mit dem Unfug«, sagte ich so laut, dass ich selbst zusammenzuckte. Viel mehr erschreckte mich jedoch, was dann passierte.

Die Worte hallten wie ein Echo durch das Treppenhaus: *»Schluss-sss mit dem Unfu-huug, Schluss … Schluss … mit … dem … Unfu-huug … Unfu-huug …«*

Im selben Augenblick schnaufte und jaulte etwas in meinem Rücken, dann trappelten Schritte auf mich zu. Der Bär? Die Hyänen? Mir war nun egal, ob ich wie eine blöde Tussi wirkte, auch wenn das so ziemlich das schlimmste Urteil war, das Cindy und ich über ein Mädchen fällen konnten. Ich rannte los und knallte nach ein paar Schritten mit jemand zusammen.

»Hilfe! Mama!«, wollte ich schreien. Aber ich brachte nur ein »Hüf … Mma« hervor, weil die Person mich fest an sich drückte. Ich zappelte und wollte mich gerade mit einem festen Tritt vor ihr Schienbein retten, als ich einen blumigen Duft roch und keinesfalls einen bärigen Pelz, sondern ein Nachthemd bemerkte.

»Melli Bower, wag es nicht, deiner Mutter vors Schienbein zu treten!«, sagte der Angreifer sehr bestimmt.

»Mama!«, stieß ich erleichtert hervor.

»Was geisterst du denn um diese Zeit hier herum?«, fragte sie.

Herumgeistern. Wie kam sie denn gerade auf dieses Wort? Sollte ich antworten, dass in diesem Haus alles Mögliche herumgeisterte? Mir war die ganze Situation ziemlich peinlich. Weil ich unangenehme Fragen vermeiden wollte, auf die ich kaum eine Antwort gewusst hätte, griff ich zu einer kleinen Notlüge: »Ich musste mal aufs Klo und habe mich im dunklen Haus verlaufen.« Ganz falsch war das nicht.

DER AUFGEWÄRMTE KAKAO aus der Packung weckte am nächsten Morgen nicht gerade meine Lebensgeister. Ich hatte noch eine Stunde geschlafen, nachdem ich meiner Mutter erklärt hatte, warum ich in den allerfrühesten Morgenstunden in der Villa herumgegeistert war. Dass ich gewisperte Worte gehört hatte, dass irgendetwas in diesem Haus nicht stimmte, dass Leute herumhuschten, war nichts, worüber man mit Eltern vernünftig reden konnte – weil es auch nicht vernünftig klang.

Wer hatte die Kerzen und das Kaminfeuer angezündet? Und sie dann mit einem Schlag gelöscht? Warum war es in dem Zimmer so kalt gewesen? Außerdem hatte ich diesen Schleier gesehen, der um die Ecke verschwunden war. Oder trieb mich das baufällige Gemäuer mit seinen dunklen Ecken und düsteren Winkeln zu solchen Hirngespinsten?

Wie sehr wünschte ich mir, dass Cindy gleich vor der Tür

stünde, um gemeinsam mit mir auf den Schulbus zu warten und dass ich ihr von den Erlebnissen der Nacht erzählen konnte. Aber das würde nicht passieren – Bobbyboy und ich saßen am Küchentisch in Kohlfincken. Statt der leckeren Pfannkuchen, die es noch am vorvorigen Tag in New York gegeben hatte, lag nur eine Packung mit Vollkornkeksen vor uns. Ich hasste diese Kekse, denn sie waren schon trocken, wenn man sie frisch aus der Packung holte; einen Tag später knirschten sie zwischen den Zähnen wie Wüstensand.

Mein Bruder starrte missmutig auf den Teller. »Ich will Rühreier«, maulte er.

»Herr Ichwill ist …«

»… gerade ausgegangen, frag mal Herrn Ichmöchtegern«, vollendete Bobbyboy den Satz meiner Mutter. »Ich möchte gern Rühreier.«

»Papa und Melli gehen gleich einkaufen und wir schrubben schon mal das Haus.« Mama wuschelte Bobby durch die Haare. »Danach gibt es Lieblingsfrühstück für jeden. Bis ihr platzt. Peng!« Sie lachte.

Ich verdrehte die Augen. *Oh Cindy*, dachte ich, *wenn du wüsstest.* Ich verkniff es mir aber, die Augen weiterzurollen, und bemühte mich, nicht allzu missmutig auszusehen.

»Wo ist Papa?«, fragte ich.

»Er kramt im Keller und in dem Schuppen neben dem Haus herum.«

Und schon hörte ich meinen Vater von irgendwo rufen: »Melli! Auf geht's! Warte vorne an der Straße auf mich. Ich muss nur noch …« Der Rest ging in einem typischen Big-Bobby-Bower-Gnarzen unter, kurz darauf rappelte und schepperte etwas.

Ich stand auf und rannte vors Haus. Papa war nirgendwo zu sehen.

Ich blickte die Straße entlang – kein Auto, kein Mensch weit und breit. Nur eine Katze starrte auf der gegenüberliegenden Straßenseite in den Wipfel einer Birke, aus der das verängstigte Piepsen eines Vogels drang.

»Papa?«, rief ich. »Paaaapa!«, wiederholte ich lauter, bekam aber keine Antwort. Ich überquerte die Straße und scheuchte die Katze. »Geh weg, lass den Piepmatz in Ruhe!« Die Katze war groß, ungewöhnlich groß. Ich klatschte in die Hände, wovon sie sich nicht beeindrucken ließ. Sie drehte mir im Zeitlupentempo den Kopf zu. Dem Tier fehlte ein Auge. Die eine Höhle war leer, eine Narbe zeugte davon, dass die Katze es bei einem Kampf oder einem Unfall verloren haben musste. Plötzlich fauchte sie und verschwand mit ein paar schnellen Sprüngen im Gebüsch.

Erst jetzt fiel mir auf, dass es ganz still um mich herum geworden war. Der Wind raschelte nicht mehr in den Blättern, auch das Vogelzwitschern war verstummt. Ich schaute hinauf in die Krone des Baumes und sah es.

Das Mädchen. Es saß in einer Verzweigung der Äste und schaute über mich hinweg in die Ferne. Das Mädchen aus dem Haus. Das Mädchen, das ich in der Nacht verfolgt hatte.

Ich sah nun, dass das Kleid cremeweiß war mit einer Art Schürze aus hellgrünem Stoff. An einem Gürtel aus Muscheln hing eine kleine Flöte. Ihre fuchsroten Haare trug sie offen, sie wurden gehalten von einem Stirnband aus ebenfalls hellgrünem Samt, das hinten den zarten, fast durchsichtigen Schleier hielt. Sie mochte ein paar Jahre älter als ich sein, vielleicht schon sechzehn oder siebzehn, das konnte man nicht genau sagen, weil sie so furchtbar blass und erschöpft wirkte.

Ich brachte zuerst keinen Ton hervor, und auch sie sagte nichts, so als sei es das Normalste auf der Welt, mit einem so wunderschönen Kleid in einer Baumkrone in Kohlfincken zu sitzen.

Endlich riss ich mich aus der Starre, die mich beim Anblick des Mädchens befallen hatte, und traute mich zu fragen: »Was machst du da?«

Im ersten Augenblick sah sie noch trauriger und müder aus als zuvor, aber dann lächelte sie und brachte mit leiser Stimme ein paar Töne hervor, die sich in den Blättern des Baumes verfingen und wie ein Rauschen darin verwehten. Verstehen konnte ich davon nichts.

Bevor ich sie fragen konnte, was sie in der Nacht in unserem Haus gesucht hatte, ertönte ein lang gezogener Schrei.

»Vorsiiiii-hiiicht!«, rief mein Vater und brachte das Gefährt, auf dem er auf mich zuschoss, im letzten Moment direkt vor mir zum Stehen.

»In unserer Villa gibt es eine Menge Überraschungen«, sagte er. »Guck mal, was ich im Keller gefunden habe.« Voller Stolz präsentierte er das Fahrrad, auf dem er saß.

Ich war einigermaßen durcheinander. Ein schneller Blick nach oben zeigte mir, dass das Mädchen verschwunden war.

»Das ist nicht dein Plan, Paps, du willst doch nicht mit diesem Ding durch die Gegend fahren? Und schon gar nicht zusammen mit mir?«, fragte ich mit einem entsetzten Blick auf das Transportmittel, das er für die Fahrt ins Dorf ausgewählt hatte: Papa saß auf einem Tandem.

Hinter seinem Sitz gab es eine zweite Lenkstange und einen zweiten Sattel und ein zweites Paar Pedale. Der Rost knabberte fleißig an allen Ecken und Enden des Fahrrads, ein paar Speichen fehlten und der Gepäckträger wurde von einem Stück Kordel an seinem Platz gehalten. Wahrscheinlich war schon seit Jahrzehnten niemand mehr damit gefahren.

»Das ist tipptopp«, beteuerte er. »Okay, die Bremsen sind nicht mehr die besten und die Lampe funktioniert nicht.« Stolz hielt er die schwarz verschmierten Hände in die Höhe: »Wie würde deine Mutter sagen?«

»Mit ein paar Ideen ...«, seufzte ich.

»... und vor allem mit ein paar Tropfen Öl habe ich es wieder in Schwung gebracht.«

»Bitte nicht, Papa«, bettelte ich, »nicht damit. Wenn ich auf diesem Ding mit dir vorne drauf durch die Gegend fahre ...« Ich vollendete den Satz nicht. Mann, wie peinlich! Falls es hier überhaupt jemanden gab, mit dem ich mich jetzt während der Sommerferien vielleicht hätte anfreunden können, so wäre dieses Monstergefährt bei der Kontaktaufnahme sicher nicht hilfreich.

»Kein Problem«, sagte Papa. »Ich überlasse gerne dir den vorderen Sitz.«

Er kapierte es natürlich nicht. Papa verschwendete nie einen Gedanken daran, was cool war und was nicht. Man konnte ihm gar keinen Vorwurf daraus machen, mit so etwas hatte er einfach nichts am Hut. Aber er musste sich schließlich auch nicht die Witzeleien anhören.

»Wenigstens ausprobieren.« Papa blieb hartnäckig.

»Okay«, knurrte ich. Gegen eine kleine Probefahrt sprach nichts. »Aber nicht weiter als bis zur Straßenecke!«

Ich nahm den hinteren Sitz. Papa brauchte ein wenig, bis er auf den vorderen geklettert war.

Wir waren so mit dem Aufsteigen beschäftigt, dass wir das große dunkelblaue Auto nicht sahen, das mit ziemlich viel Schwung um die Ecke bog.

»Ist der Typ blind?«, rief mein Vater. Er wedelte mit den Armen, was das ganze Geschehen nur beschleunigte, weil wir augenblicklich das Gleichgewicht verloren. Nur ein paar Millimeter vor dem Tandem kam das Auto zum Stehen. Wir befanden uns jedoch schon samt dem Fahrrad im freien Fall.

Ein überraschendes Erbe

Ein Mann stieg aus dem Auto. Er beugte sich mit einer ausladenden Geste zu uns. »Na, wenn das mal nicht die neuen Eigentümer dieses prächtigen … äh … na ja, von diesem Ding sind?!« Er deutete auf die Villa, die immer noch nicht umgekippt war. »Kann ich behilflich sein?«, fragte er.

Papa klopfte sich den Staub aus den Klamotten und vergewisserte sich erst einmal, dass mir nichts passiert war. Außer einem blauen Fleck am Knie war alles in Ordnung.

»Wiesendübel«, stellte der Mann sich vor, bemühte sich aber keineswegs, uns zu helfen. Er trug einen Anzug mit etwas zu kurzen Hosenbeinen. Bei jedem Wort reckte er sein hervorstehendes Kinn, unter dem eine runzelige Hautfalte schwabbelte, noch ein wenig weiter vor. Er hatte große Ähnlichkeit mit einem Pelikan. In der rechten Hand hielt er einen schwarzen Aktenkoffer, die linke vergrub er tief in seiner Hosentasche.

»*Doktor* Wiesendübel«, betonte er. »Rechtsanwalt und Notar. Ich habe mich um die Angelegenheiten von Frau Bauerfeind gekümmert, na, jetzt sind es wohl Ihre Angelegenheiten, und ich kann Ihnen gleich sagen: Meine Rechnungen sind umgehend zu zahlen. Tja, Ihre werte Verwandte war arm wie eine Kirchenmaus«, plapperte dieser Wiesendübel auf dem Weg ins Haus, wo er sich Mama und sogar meinem kleinen Bruder vorstellte: »Alfons Wiesendübel. *Doktor* Alfons Wiesendübel. Rechtsanwalt und Notar.«

In der Eingangshalle verharrte er einen kurzen Augenblick und schaute nach oben. Die Morgensonne funkelte im bunten Glas des Oberlichts. Nun glaubte man wirklich, dass die Schmetterlinge lebten und jeden Moment herumflattern würden.

»Arm wie eine Kirchenmaus, das kann ich Ihnen sagen. Aber für das da oben ließ sie alle paar Wochen die Fensterputzer kommen. Blitzblank musste jedes einzelne Scheibchen sein. Keine Ahnung, wie sie das bezahlt hat. Wie gesagt, *meine* Rechnungen sind umgehend zu zahlen.« Es bestand kein Zweifel daran, dass ihn das am meisten interessierte.

»Mama, wir sind doch pleite«, sagte Bobbyboy, glücklicherweise so leise, dass Rechtsanwalt Wiesendübel es nicht hören konnte.

»Drüben in der Bibliothek kann man sich einigermaßen ungefährdet hinsetzen. Die meisten Möbel im Haus gehören eher auf den Sperrmüll …« Er plapperte weiter, während er die Halle durchquerte und hinter einer der schweren Flügeltüren verschwand, die in die benachbarten Räume führten.

Doktor Wiesendübel legte seinen Aktenkoffer auf den schweren, mit grünem Filz bezogenen Tisch. Die in Leder gebundenen Bücher, die dort teils offen, teils aufgestapelt lagen, schob er einfach beiseite, sodass am oberen Ende des Tisches eins auf den Boden fiel. Er setzte sich eine Lesebrille vorne auf die Nasenspitze.

»Also, ich darf um Ihre Aufmerksamkeit bitten. Sie haben sicher bemerkt, dass das Haus in keinem sehr guten Zustand ist. Nun ja, die Dame ist stattliche 91 Jahre alt gewesen, was soll man da erwarten? Vor etlichen Jahren nutzte die vor ebenfalls etlichen Jahren verstorbene Mutter der Verstorbenen die Halle, um ihre naturkundliche Sammlung der Öffentlichkeit zu präsentieren. Der vor etwas weniger etlichen Jahren verstorbene Vater der Verstorbenen versuchte, das Haus als Hotel zu nutzen, um den Rest der Familie, die aus ihm und der Verstorbenen und ihrem Bruder bestand, über Wasser zu halten, was allerdings zum Scheitern verurteilt war, weil fast alle Gäste schon nach der ersten Nacht das Haus fluchtartig verließen. Der vor nur wenigen Jahren verstorbene Bruder der Verstorbenen …«

Mir wurde schon ganz schwindelig vor lauter Verstorbenen.

Mama räusperte sich und fragte sehr höflich, aber auch sehr bestimmt: »Ob wir wohl nun zur Sache kommen könnten?«

»Ich muss diese Urkunde hier vorlesen, das ist Vorschrift. Wenn Sie alles verstanden haben, brauche ich drei bis vier Unterschriften, und dann gehört der Kasten Ihnen. Laut Testament vom …« Ohne Luft zu holen, legte er los, als wollte er einen Weltrekord im Turboschnelllesen aufstellen. »… Erblasserin verfügt … Haus mit allem Inhalt, Gartenhaus und Schuppen … Dokumente … Konten … und so weiter … mit Frist … zum … von … und weg …« Nach zehn Minuten endete er mit: »Das war's. Punkt. Hier, hier und hier unterschreiben.«

Alles war so schnell gegangen, dass keiner von uns bei dem mitgekommen war, was dieser DoktorWiesendübel heruntergerasselt hatte. »Und hier hätte ich noch einen Brief für die Erbin des Hauses.« Er zog einen Umschlag hervor.

»Sie meinen: *den* Erben?«, fragte Mama überrascht. Sie deutete auf Papa, der an den Regalen stand, die bis zur Decke reichten und mit Büchern gefüllt waren, die noch älter aussahen als das Haus.

»Nein«, antwortete der Anwalt. »Wenn ich *die* Erbin sage, meine ich auch *die* Erbin. Haben Sie mir denn nicht zugehört?«

Mama machte ihr Kalter-Kaffee-Gesicht. Einen solchen Ton schlug man ihr gegenüber besser nicht an.

»Ich dachte, Sie sind *P. Bower.*« Doktor Wiesendübel schaute meine Mutter erstaunt an.

»Das bin ich auch. P wie Patricia.«

»Patricia? Die Erbin ist nicht P wie Patricia, sondern P wie Pamela.« Er hielt immer noch den Brief in der Hand und tippte dreimal mit dem Zeigefinger darauf. *»Pamela Bower.«* Der Rechtsanwalt wurde blass. »Vielleicht sind Sie gar nicht die richtigen Bowers.« Aufgeregt wühlte er in seinen Papieren herum, verglich ein Dokument mit dem anderen. Schweißperlen glänzten plötzlich auf seiner Stirn.

»Ich bin Pamela Bower«, sagte ich. »Aber alle nennen mich Melli.«

Doktor Wiesendübel atmete erleichtert aus. »Was jagst du mir einen solchen Schrecken ein. Ich dachte schon, ich hätte die falsche Familie hierherkommen lassen«, rief er aus. »Dann bist du also die Erbin des Hauses. Die Bruchbude gehört jetzt dir, mit allem Drin und Drum und Dran. Wenn ich einen Rat geben darf: Abreißen und einen schicken Neubau hinklotzen, das bringt richtig Geld. Zehn Eigentumswohnungen kriegt man locker auf das Gelände. Wenn Sie einen Bauunternehmer brauchen, kein Problem! Mein Bruder macht das, und meine Schwester ist die Bürgermeisterin, die Baugenehmigung besorge ich Ihnen. Zack, Abrissbirne und weg ist das alte Gerippe«, bekräftigte Wiesendübel noch einmal.

Ich mochte es gar nicht, wie der Kerl über das Haus sprach. Auch wenn es vielleicht bald umkippte und auch wenn die Villa sich bisher keine Mühe gegeben hatte, einen guten Eindruck auf uns zu machen, gab das diesem Kerl kein Recht, sie eine Bruchbude zu nennen.

Glücklicherweise hatte Rechtsanwalt Wiesendübel es nach der Erledigung der Formalitäten, wie er es nannte, sehr eilig. Er raffte seine Papiere zusammen und klappte seinen Aktenkoffer zu.

»Wahrscheinlich haben Sie schon gemerkt, dass eigentlich nur die ehemalige Dienstbotenwohnung im westlichen Teil des Hauses bewohnbar ist. Dort haben Sie alles, was sie brauchen, auch wenn sie nur aus zwei Schlafkammern, einer Küche und so etwas Ähnlichem wie einem Badezimmer besteht. Na ja, und der Salon der alten Dame im ersten Stock ist gut in Schuss. Da hat sie wohl den größten Teil ihres Lebens gehaust.« An der Tür drehte er sich noch einmal um. »Und die Stromrechnungen sollten Sie vielleicht auch bald begleichen, dann haben Sie auch wieder elektrisches Licht.« Er schnipste einen altmodischen Lichtschalter neben dem Türrahmen einmal hoch. Keine der Lampen in der Bibliothek erstrahlte. Doktor Wiesendübel zuckte mit den Schultern. »Vielen Dank und auf Wiedersehen, meine Rechnung folgt, bemühen Sie sich nicht. Ich finde alleine hinaus.«

Weg war er und wir saßen schweigend da. Schweigend und ziemlich überrascht. Eine Urgroßschwiegercousine soundso vielten Grades, von der ich bis vor wenigen Wochen nicht einmal gewusst hatte, dass es sie gab, hatte mich zur Erbin einer Villa bestimmt. Nicht meinen Vater oder meinen kleinen Bruder, der immerhin genauso viel oder wenig mit ihr verwandt war, sondern mich, Melli Bower. Ich hielt den Brief, den sie an mich persönlich gerichtet hatte, in den Händen.

Mein Bruder gab leise Geräusche von sich, die darauf hinwiesen, dass er eines Tages wie mein Vater gnarzen würde. Bobbyboy hatte sich mit einem der Bücher, die auf dem Tisch der Bibliothek lagen, in einen Armsessel zurückgezogen.

»Willst du ihn nicht aufmachen?«, fragte Mama. Sie war neugieriger als ich.

Ich steckte den Finger unter die Lasche. Bevor ich jedoch das Papier zerreißen konnte, spürte ich wieder diesen kalten Luftzug und ein Sausen war zu hören.

Das Mädchen. Es stand neben dem Eingang und legte den Zeigefinger auf die Lippen, dann zeigte es nach oben und verschwand im Schatten der halb offenen Tür.

Sollte ich ihm folgen? Nach oben? Vielleicht in das blaue Zimmer, in das es mich in der Nacht schon gelockt hatte?

»Melli?«, fragte meine Mutter. Ihr Blick folgte meinem Starren.

»Guck mal, der Mann hat gar keinen Kopf«, sagte Bobbyboy.

Mama eilte zu ihm, um einen Blick in das Buch zu werfen. Ich verstaute den Brief schnell in meiner Hosentasche.

»Handbuch der Spukerscheinungen von 1849 in der vollständig überarbeiteten Auflage von 1923 mit 37 Bildtafeln und einer ...«, las Mama den Titel des Buches und stockte. »Oh nein, Bobbyboy, das ist gar nichts für dich.« Sie legte es in ein Fach im Regal, das außerhalb von Bobbys Reichweite war, nahm ein anderes Buch und reichte es ihm. »Schau hier, das ist viel schöner. Lauter Schmetterlinge und viele Bilder.« Bobbyboy schob das Buch beiseite und murrte: »Ich habe Hunger.«

Mama schaute mir noch einmal forschend in die Augen. Sie hatte den Brief nicht vergessen, natürlich nicht. Aber sie spürte wohl, dass ich ihn nicht jetzt lesen wollte. Ich war froh, dass sie mich nicht mehr danach fragte. *Da steht ein Mädchen hinter der Tür und will, dass ich nach oben komme!*, wäre keine so gute Antwort gewesen. Zumal ich beim Hinausgehen einen Blick hinter die Tür werfen konnte und dort keine Spur von einem Mädchen zu finden war.

Ein gefährlicher Verfolger

AURORA HATTE DIE VILLA in den ersten Nächten erkundet. Es gab viele versteckte Gänge und Kammern, Ecken und Winkel. Eigentlich achtete sie darauf, dass man sie nicht sah, sie versteckte sich wie alle anderen Kinder, die nicht entdeckt werden wollten. Sie wusste leider nie, wann jemand sie sehen oder hören konnte.

Manchmal stand sie direkt neben einer Person und die Person merkte rein gar nichts davon. Und andere Male war sie ganz sicher, dass sie wahrgenommen wurde. Manche Menschen verfügten über die besondere Gabe, Geisterwesen zu sehen, als wären sie ihresgleichen.

Es gab meistens Ärger, wenn ein lebender Mensch sie sah, besonders bei Kindern musste sie aufpassen. Jemand wie Aurora konnte ein Kind zu Tode erschrecken. Es war nicht gut, wenn man sie in Häusern erwischte, in denen sie eigentlich nichts zu suchen hatte. Am besten erwischte man sie überhaupt nirgendwo, denn das war bisher selten gut gegangen.

Aurora hatte vor der Ankunft der Familie im Haus keine Seele angetroffen, weder des Tags noch in der Nacht. Nur einmal an einem Nachmittag hatte ein Junge versucht, ins Haus zu gelangen, aber es war ihm nicht gelungen. Der Junge war beim Versuch, in die Villa einzubrechen, von dem Efeu, der überall bis in den ersten Stock rankte, abgestürzt und schließlich von dannen gehumpelt. Das sonderbare Gerät, das er bei sich gehabt hatte, mit allen möglichen Schläuchen, Lampen und Trichtern daran, hatte bei dem Sturz wohl keinen Schaden genommen. Sein Fuß dafür umso mehr. Danach hatte Aurora ihn nicht mehr gesehen.

Sie war also tot, diese Emilie Bauerfeind, und sie würde Aurora nicht mehr helfen können. Am liebsten hätte Aurora in diesem Moment geweint, denn ihre Hoffnung schwand fast vollständig. Wie sehr wünschte sie sich, dass Tränen über ihre blassen Wangen strömen könnten, so wie früher, wenn sie beim Fangenspielen gestolpert war und sich eine Schramme zugezogen hatte. Nur ein tiefer Seufzer war Aurora entfahren, und sie hatte schnell eine Hand vor die Lippen geschlagen, aber es war zu spät gewesen.

Kälte war ihr entströmt, wie es immer passierte, wenn die Gefühle Aurora überwältigten. Es rauschte und knisterte, Seufzer waren zu hören und die Temperatur im Raum sank auf den Gefrierpunkt. Einem erfahrenem Geisterjäger wäre es sofort aufgefallen, aber die Familie war viel zu sehr mit dem neuen Haus beschäftigt gewesen. Nur das Mädchen, Melli mit Namen, hatte etwas gespürt, das hatte Aurora sofort gemerkt.

In der Nacht hatte Aurora sich nicht mehr zurückhalten können. Sie hatte sich fest vorgenommen, dem Mädchen keine Angst zu machen. Im Gegenteil, diese Melli sollte ihr doch freundlich gesinnt sein, das war viel besser. Wie oft hatte sie es miterlebt, wenn andere in ihrer Lage es einfach falsch gemacht und Angst und Schrecken verbreitet hatten.

Aber nun war ihr ärgster Feind aufgetaucht, er war ihr auf der Spur, vielleicht schon die ganze Zeit. Es hieß, dass er seine Opfer oft eine lange Zeit belauerte, Katz und Maus mit ihnen spielte, aber am Ende würde er ohne Erbarmen zuschlagen. Er lebte von Wesen wie Aurora, sie waren das Elixier, das ihm Jahre und Jahre schenkte, und Aurora war eine fette, wohlgenährte Maus für ihn. Die lange, lange Zeit, die Auroras Seele auf der Welt geblieben war, machte sie zu einem großen Schatz für ihn. Aurora durfte ihm auf keinen Fall in die Hände fallen.

Ein Unfall zur Unzeit

Es dauerte noch eine Weile, bis Bobbyboys Hunger gestillt wurde. Während Papa und ich zum Einkaufen unterwegs waren – zu Fuß und nicht auf diesem Doppelding, darauf hatte ich bestanden –, knisterte der Brief immer wieder in meiner Hosentasche. Die Begegnungen mit dem Mädchen gingen mir nicht aus dem Kopf, aber ein seltsames Gefühl riet mir, besser nicht darüber zu sprechen. Später vielleicht, beschloss ich.

In Kohlfincken gab es nicht viele Geschäfte, eigentlich nur einen kleinen Lebensmittelladen, einen Fleischer, eine Bäckerei, einen Frisör und eine Poststelle, die auch Bücher und Zeitungen und alles, was man für die Schule brauchte, im Angebot hatte.

Der größte Laden im Ort war *Schindlgrubers Angelparadies*, der auf einem großen Schild damit warb, dass man bei Schindlgruber nicht nur 97 verschiedene Angelhaken bekam. Als Angebot der Woche gab es zudem auch eine Dose mit extradicken lebenden Maden. Rund um Kohlfincken gab es eine Menge Seen und Teiche und Flüsse, sodass Herr Schindlgruber einer der reichsten Männer des Ortes war; das behauptete jedenfalls die Frau im Lebensmittellädchen, die dabei ein wenig neidisch klang.

Außerdem behauptete sie, dass Emilie Bauerfeind uns nicht nur eine Villa hinterlassen hatte, sondern auch Schulden bei ihr in Höhe von 365 Euro und genau 12 Cent. Emilie habe nämlich schon seit einiger Zeit ihre Einkäufe anschreiben lassen. Beim Bäcker beliefen sich unsere geerbten Schulden auf knapp 127 Euro. Ich war mir plötzlich nicht mehr sicher, ob es wirklich eine tolle Sache war, eine Erbin zu sein.

Auf der Poststelle, wo meine Urgroßschwiegercousine offensichtlich die Notizbücher gekauft hatte, hatte der ältere Herr es nach eigener Auskunft schon vor einiger Zeit aufgegeben, die Beträge aufzulisten. Er nannte Emilie in jedem zweiten Satz »das werte Fräulein Bauerfeind« und er schien seit vielen Jahren in sie verliebt gewesen zu sein.

Zu unserem großen Glück verkaufte Herr Schindlgruber im Anglerparadies auch Campingbedarf, sodass wir mit dem kleinen Gaskocher, den Papa dort aussuchte und bar bezahlte, zu Hause heißen Kakao und Rühreier zubereiten konnten.

»Hach, das ist doch geradezu romantisch, Big Bobby«, begeisterte sich Mama, als wir ihr die Einkäufe zeigten. »Wie früher, als wir noch nichts hatten und mit dem alten Campingbus von deinen Eltern in den Urlaub gefahren sind.« Sie stupste Papa an, der nur ein bisschen gnarzte. Ich glaube, dass Papa Camping schon immer gehasst hat.

Wir stärkten uns so gut es ging und begannen, das Haus zu erkunden, aufzuräumen und zu wischen. Den ganzen Tag über hielt ich die Augen nach dem Mädchen offen, aber es tauchte nicht mehr auf. Überhaupt schien es in Kohlfincken nicht viele Kinder in meinem oder in Bobbys Alter zu geben. Während unserer Einkaufstour hatte ich vor einigen Häusern einen Kinderwagen stehen sehen, begegnet war uns jedoch kein einziges Kind.

Am Nachmittag hörten wir jemand draußen vorm Haus rufen. Ein Junge stand auf der anderen Straßenseite und wedelte mit einem Papier. Mama wütete gerade in einem der vorderen Zimmer, von dessen Fenstern Papa die Holzverdunkelung entfernt hatte. Sie winkte dem Jungen zu.

»Komm rein!«, rief sie.

Der Junge schüttelte den Kopf.

»Melli, geh hinüber und lade ihn zu uns ein, vielleicht ist er schüchtern«, forderte Mama mich auf.

Der Junge starrte mich aus großen braunen Augen an, als ich vor ihm stand. Seine Segelohren glühten tomatenrot und er tippelte von einem Fuß auf den anderen.

»Musst du mal?«, fragte ich.

Er schüttelte den Kopf.

»Willst du die Villa mal anschauen?«

Er schüttelte den Kopf.

»Kannst du auch sprechen?«

Er schüttelte den Kopf, besann sich dann und nickte.

»Kannst du nicht«, sagte ich.

»Kann ich doch«, platzte es aus ihm heraus. Jetzt glühten nicht nur seine Ohren, auch sein Gesicht lief rosarot an.

»Dann kannst du mir wohl auch sagen, warum du nicht reinkommen willst?«

»Ich … weil … das Haus …«, stammelte er. Weiter kam er

nicht, sondern drückte mir einfach das Papier in die Hand und rannte davon. Erst als er schon fast die nächste Straßenecke erreicht hatte, drehte er sich plötzlich noch einmal um und rief: »Keiner kommt in euer Haus.« Wie zur Bekräftigung streckte er mir die Zunge heraus.

Das Papier war ein Umschlag und führte wenige Minuten später zu einer Kettenreaktion, die den weiteren Verlauf der Dinge stark beeinflussen sollte. Mama las, was auf dem Zettel in dem Umschlag stand, und rief laut und ärgerlich: »Das darf doch wohl nicht wahr sein!«

Papa drehte sich um und rief: »Was?« Leider hatte er vergessen, dass er hoch oben auf einer ziemlich altersschwachen Leiter stand, und leider drehte er sich etwas zu ruckartig um. Die Leiter geriet ins Schwanken und kippte nach links.

Ich reagierte blitzschnell, sprang nach vorne und schubste die Leiter, kurz bevor sie mitsamt Papa umfallen konnte, in die andere Richtung. Leider schubste ich sie etwas zu fest. Nun kippte sie nach rechts. Dort stand mein kleiner Bruder. Der sprang zur Seite und mir genau zwischen die Beine, sodass ich die Leiter kein zweites Mal in die richtige Richtung bringen konnte.

Papa gnarzte nicht, sondern stieß einen gellenden Schrei aus.

Ungefähr eine Stunde später saßen wir in der Notfallambulanz des Krankenhauses und warteten auf Papa, der von einer sehr netten und – wie Mama fand – viel zu hübschen Ärztin untersucht wurde. Die Ärztin brachte ihn uns bald zurück und meinte, Papa habe wohl einen ziemlich harten Schädel oder einen ziemlich guten Schutzengel gehabt.

»Eine Gehirnerschütterung, und ein Fuß ist ordentlich verstaucht, aber nicht gebrochen. Das ist ganz gut, weil Sie damit nicht herumlaufen dürfen. Das wäre nämlich ganz schlecht mit einer Gehirnerschütterung. Legen Sie sich aufs Sofa und lassen Sie sich ein paar Tage bemuttern. Und steigen Sie nicht mehr auf hohe Leitern. – Der Nächste bitte!«, rief sie fröhlich und nahm einen alten Mann mit ins Arztzimmer, der sich den Bauch hielt.

Mama saß mit hängenden Schultern da und seufzte. »Das fängt ja alles toll an. Na ja, Hauptsache, du wirst schnell wieder gesund«, sagte sie mit einem etwas schiefen Lächeln in Richtung Papa. Dann holte sie die Nachricht hervor, die der Junge uns gebracht hatte. »Von Rechtsanwalt Wiesendübel. Es gibt Ärger mit unserem Überseecontainer. Der steckt im Zoll fest. Ich muss nach Hamburg, sonst bekommen wir unsere Sachen niemals hierher.«

Papa gnarzte und verzog das Gesicht, als er versuchte, einen Schritt zu tun.

»Hier muss es doch irgendwo ein Telefon geben«, murmelte Mama.

»Fahren wir jetzt wieder nach Hause?«, quengelte Bobbyboy, während Mama losdüste, um ein Telefon zu suchen. Ich wusste, dass er mit nach Hause nicht die Villa von Emilie Bauerfeind meinte, sondern einen Ort einige Tausend Kilometer weiter weg. Das wünschte ich mir auch insgeheim, aber ich wusste, dass es keinen Zweck hatte, davon zu träumen. Als große Schwester war es nun meine Aufgabe, Bobbyboy Mut zu machen.

»Ich habe gegenüber vom Krankenhaus ein Eiscafé gesehen. Meinst du nicht, wir sollten dringend mal überprüfen, wie das Schokoladen-Eis hier schmeckt?«, fragte ich ihn.

Bobbyboy strahlte. »Und Erdbeere? Meinst du, wir müssen auch das Erdbeer-Eis dringend überprüfen?«

Ich schaute Papa bittend an. Er zückte seine Geldbörse. »Und Zitrone«, ächzte er mit einem gekünstelten Lächeln. Zitrone war seine Lieblingssorte. »Zitrone müssen wir auch dringend prüfen.«

Als ich mit dem Eis zurückkam, saß Mama bereits bei Papa und Bobbyboy. Sie machte ein Gesicht, bei dem nicht einmal ihre schrecklichste Kalter-Kaffee-Miene mitkam. »Sie wollen unseren Anhänger sprengen«, sagte sie.

»Sprengen?«, fragte Papa ungläubig. »So mit Puff und Peng?«

»Krawumm«, sagte mein Bruder voller Freude. Ein Klecks Schokoladen-Eis tropfte auf sein T-Shirt.

»Sie vermuten, dass eine Bombe drin ist«, sagte Mama. »Dabei ist es nur der uralte Wecker von Großmutter, aber das glaubt mir natürlich keiner. Wenn ich nicht sofort hinfahre und die Kiste öffne …«

»Krawumm«, sagte Bobbyboy. Ein Klecks Erdbeer-Eis folgte der Schokolade und vermengte sich mit dieser.

»Genau«, sagte Mama. »Krawumm mit allem Drum und Dran, auch mit deiner elektrischen Autorennbahn. Wenn ich mir einen Mietwagen nehme, kann ich es in drei Stunden schaffen. Drei Stunden zurück, dann bin ich noch vor Mitternacht wieder zurück. Big Bobby, was sagst du dazu?«

Mein Vater sagte gar nichts. Er war eingedöst. Das Schmerzmittel, das die Ärztin ihm gegeben hatte, wirkte.

»Papa verfrachten wir aufs Sofa, wie die Ärztin befohlen hat. Ihr beide kommt mit, das wird ein toller Ausflug«, versuchte Mama uns die Sache schmackhaft zu machen.

Bobbyboy sprang sofort begeistert auf. »Wir fahren nach Hause«, jubelte er.

Ich zögerte. Wenn Bobbyboy mit Mama fuhr und Papa das Bett oder das Sofa hüten musste, hatte ich endlich Zeit, den Brief zu lesen und der Sache mit dem Mädchen auf die Spur zu kommen.

»Oh Mama, nein«, sagte ich entschlossen. »Mir wird im Auto immer schlecht.« Das stimmte sogar, mir wurde wirklich schlecht auf Autofahrten, jedenfalls, wenn Mama am Steuer saß. »Ich bin kein kleines Kind mehr und einer muss sich doch um Papa kümmern.«

Mama zögerte.

»Mama, ich bin zwölf Jahre alt und …«

»Elf Jahre, elf Monate und sieben Tage«, korrigierte sie mich.

»Du sagst selbst immer, dass ich mich nicht wie ein Kind benehmen soll.«

»Ja, wenn du dich mit Bobbyboy streitest.«

»Und zu Cindys Mutter hast du neulich gesagt: ›Gestern noch im Sandkasten und nun sind sie fast schon zwei junge Damen.‹«

»Fast, Melli Bower, fast. Und dreh mir nicht die Worte im Mund um.«

Ein schmerzerfülltes Gnarzen unterbrach uns. »Wenn ihr beiden *Damen* noch lange palavert, haben die vom Zoll unsere Sachen in die Luft gejagt. Melli und ich halten die Stellung und du rettest mit Bobbyboy unser Hab und Gut, okay?«

»Nun gut,« sagte Mama nach ein paar Augenblicken, die sie noch als Bedenkzeit brauchte. »Ich besorge ein Mietauto, bringe euch beide nach Hause, und dann geht's los, Großer!« Sie strubbelte Bobbyboy durchs Haar.

Ein Brief voller Rätsel

Papa lag auf dem Sofa und gnarzte ausnahmsweise nicht. Er schnarchte stattdessen, zwischendrin stieß er schon einmal einen Seufzer aus. Einen Eisbeutel für seinen Kopf konnte ich ihm leider nicht bringen, weil wir nach wie vor keinen Strom hatten. Immerhin brachte ich mit dem Gaskocher eine Kanne Tee zustande und am Abend sogar Spaghetti mit lauwarmer Tomatensoße. Der Kocher hatte nämlich nur eine Flamme und ich musste die Sachen nacheinander zubereiten.

Bei der ersten Gelegenheit zog ich mich in das Gartenzimmer zurück, um endlich den Brief zu lesen, den meine Urgroßschwiegercousine Emilie mir hinterlassen hatte. Als ich ihn das erste Mal hatte öffnen wollen, war das unheimliche Mädchen aufgetaucht – hatte sie gewollt, dass ich den Brief mit ihr gemeinsam las? Vielleicht in dem Blauen Salon? Nein, entschied ich. Der Brief war für mich, und ich wollte ganz alleine sein, wenn ich ihn las.

Für Melli, STAND AUF DEM BRIEFUMSCHLAG. Ich wunderte mich. Da stand tatsächlich *Melli*. Woher kannte die alte Dame, die ich nie in meinem Leben gesehen, von der ich nicht einmal etwas gehört oder gewusst hatte, meinen Kosenamen, mit dem mich in New York alle riefen?

Als ich den Umschlag zur Seite legte, rutschte etwas heraus und fiel auf den Boden: ein goldenes Kettchen mit einem reich verzierten Schlüssel daran. Er war ebenfalls aus Gold und der Griff hatte die Form von ausgebreiteten Flügeln. Den Flügeln eines Schmetterlings.

Liebe Melli, ich weiß nicht, ob Dich diese Zeilen, die ich Dir mit sehr schwacher Hand schreibe, jemals erreichen werden. Denn nur …

Es war gar nicht so leicht, die Handschrift zu entziffern. Emilie Bauerfeind musste wirklich schon sehr schwach gewesen sein, als sie die Worte zu Papier gebracht hatte.

… wenn Du mit Deiner Familie aus dem fernen Amerika hierher nach Kohlfincken kommst und Dein Erbe antrittst, wird Herr Doktor Alfons Wiesendübel Dir den Brief geben.

Zu dem Zeitpunkt, an dem Du ihn öffnest, wirst Du wissen, dass ich nicht Deinem Vater, sondern Dir die Villa der Bauerfeinds hinterlassen habe. Es gibt einen ganz einfachen Grund dafür: Nur die weiblichen Mitglieder dieser Familie können die Aufgaben erfüllen, die erfüllt werden müssen. Selbst wenn Du mich noch fragen könntest, warum das so ist, könnte ich Dir keine Antwort darauf geben. Die Frauen der Familie bewachen seit Jahrhunderten diese Pforte, keine ganz leichte Aufgabe, das kann ich Dir sagen.

Meine Vermutung ist, dass Männer für so etwas einfach nicht die Nerven haben. Sie können Bergwerke bauen und lauter unsinniges Zeug erfinden, aber für Aufgaben wie die unsere sind sie wenig geeignet. Immerhin können sie gelegentlich nützlich sein, wenn Regale wackeln oder ein Bär erlegt werden muss. Fridolin auf dem Treppenabsatz wurde von meinem Urgroßvater in den Karpaten zur Strecke gebracht; das musste leider sein, weil er meine Urgroßmutter fressen wollte, der Bär natürlich, nicht der Urgroßvater. Der wollte sie anschließend heiraten, aber ich schweife ab.

Ich musste grinsen. Emilie Bauerfeind schien eine Frau mit Humor gewesen zu sein, sogar in angeschlagenem Zustand.

Ich weiß, dass Du eigentlich zu jung für die Aufgabe bist. Die meisten unserer Kunden sind harmlos, wenn auch jeder von ihnen unter seinem Schicksal schrecklich leidet. Daher auch das Wehklagen und Jammern, damit wollen sie uns keineswegs ängstigen, nun ja, meistens jedenfalls nicht.

Du hast sicher schon gemerkt, dass Herr Wiesendübel kein sehr angenehmer Mensch ist. Ich traue ihm sogar zu, dass er den Umschlag heimlich öffnet, bevor er ihn Dir aushändigt. Sei vorsichtig, er hat in der Vergangenheit mehrmals versucht, mir die Villa mitsamt dem Grundstück abzuschwatzen. Ich habe deshalb in meinem letzten Willen verfügt, dass dies erst geschehen darf, wenn Du volljährig bist und selbst darüber entscheiden kannst.

Der Blaue Salon im ersten Stockwerk ist in den letzten Jahren mein kleines Reich gewesen. Ich überlasse ihn dir sehr gerne. Pass gut auf alles auf, was Du dort findest. Und: Hüte den Schlüssel aus diesem Brief wie Deinen Augapfel, trage ihn immer am Herzen!

Du wirst sehr bald zum ersten Mal Deine Fähigkeiten beweisen müssen. Ich erwarte ein Mädchen aus Italien, eigentlich hätte es längst hier sein sollen.

Deine Urgroßschwiegercousine vierten Grades
Emilie

All das klang sehr sonderbar. Von dem Mädchen hatte sie bereits in ihrer Kladde geschrieben, ansonsten verstand ich rein gar nichts. Aufgabe? Pforte? Was meinte Emilie damit? Besonders geheimnisvoll war jedoch, was meine verstorbene Verwandte noch unter ihrer Unterschrift hinzugefügt hatte:

PS: Die Schmetterlinge lügen nie.

PPS: Rufe Erasmus und Lodovico, sie stehen Dir mit Rat und Tat zur Seite und helfen Dir im Notfall.

Schmetterlinge waren mir im Haus schon mehrmals begegnet: das Mosaik auf der Veranda, das Oberlicht, in der Vitrine in der Halle und natürlich echte, lebende Falter in allen Farben und Größen, die um die Blumen auf der Wiese tanzten. Wie konnten sie lügen oder eben *nicht* lügen?

Der Brief hatte mehr Fragen aufgeworfen als beantwortet. Wer waren Erasmus und Lodovico? Leute aus dem Dorf? Warum mussten die Frauen der Bauerfeinds eine Pforte bewachen? Wohin führte diese Pforte? Das verwinkelte Haus hatte zig Türchen und Durchgänge, meine Familie und ich hatten sicher längst noch nicht alle entdeckt.

Nachdem ich den Brief gelesen hatte, durchstreifte ich das Haus und warf in dieses und jenes Zimmer einen Blick. Die ganze Villa, die mir in der Nacht noch so überaus lebendig vorgekommen war, schlief staubig und verfallen vor sich hin. Auch von dem Mädchen in dem schönen Kleid fand sich keine Spur. Ich war mir mittlerweile sicher, dass Emilie dieses Mädchen in ihrem Brief gemeint hatte: *Ich erwarte ein Mädchen aus Italien, eigentlich hätte es längst hier sein sollen.* Warum versteckte es sich vor mir?

Als es zu dämmern begann, schaute ich nach Papa und machte mich schließlich auf den Weg in den Blauen Salon. Seit meinem Besuch in der Nacht hatte sich nichts darin verändert. Ich machte es mir wieder auf dem Sofa bequem. Ich stöberte in den Kladden herum, aber Hinweise, die meine Fragen beantwortet hätten, fand ich nicht. Ich nahm mir vor, am nächsten Tag in Kohlfinken weitere Nachforschungen anzustellen. Vielleicht wusste der ältere Herr in der Poststelle, der von Emilie als dem »werten Fräulein« gesprochen hatte, mehr.

Mir fielen fast die Augen zu, da hörte ich unten im Haus etwas scheppern. War mein Vater aufgestanden und hatte sich gleich auf die Nase gelegt? Oder waren Mama und Bobby schon zurückgekommen? Mit einem unbehaglichen Gefühl stand ich auf und schlich durch den Flur zur Treppe.

Unten in der Halle war alles still. Plötzlich hörte ich ein trommelndes Geräusch hinter mir. Ich drehte mich um und sah, wie eine Bestie, schneeweiß und mit nur einem großen pechschwarzen Auge, auf mich zuraste. Kein Bär, keine Hyäne, aber so schlimm wie beide zusammen, das Maul weit aufgerissen, würde das Ungeheuer mich mit einem Happs verschlingen, das war klar. Ich wollte schreien, aber es war zu spät.

Der Zusammenprall war weniger hart als erwartet, weil das

Monster im letzten Augenblick abbremste, um seine Pranken erstaunlich sanft auf meine Schultern zu legen. Ich schaute direkt in den aufgerissenen Rachen. Schlimmer als das schauerliche Gebiss der Bestie war ihr Mundgeruch. Der raubte mir den Atem, erinnerte mich jedoch an etwas: Genauso roch Broccoli, Cindys Mops, aus dem Maul. Ein feuchter, weicher Lappen fuhr mir durchs Gesicht, wahrscheinlich wollte die Bestie erst einmal vorkosten, ob diese Beute genießbar war.

»Oh neiiiin!«, rief jemand. »Roddie, hör auf!«

Aber es war zu spät. Das stinkende Riesenviech gab mir einen Schubs mit seinen Pranken und ich lag auf dem Rücken. Ich spürte, wie sich die Krallen in meine Brust gruben. Immerhin war mein Kopf noch dran. Ich kniff die Augen zu. Wenn ich schon verspeist wurde, wollte ich nicht dabei zuschauen. Außer etwas Nassem in meinem Gesicht spürte ich jedoch nichts. Dabei schmatzte und schlabberte und grunzte es über mir genüsslich.

»Es tut mir sehr leid«, sagte der Jemand. »Roddie hat seine Kräfte nicht immer unter Kontrolle. Er ist manchmal etwas stürmisch, aber das ist ein gutes Zeichen, er scheint dich zu mögen.«

Ich öffnete vorsichtig das linke, dann das ziemlich verklebte rechte Auge.

»Pfui Teufel«, stieß ich hervor und wischte mir mit dem Ärmel durchs Gesicht.

Die Bestie schüttelte sich, dabei schlugen ihr die eigenen Ohren flatschend um den Kopf und schmierige Sabbertropfen flogen durch die Gegend. Ich hatte noch nie einen so großen Hund gesehen.

»Wenn eine Dogge dich ins Herz geschlossen hat, tut sie alles für dich«, sagte der Jemand, als ob dieser Überfall auf mich eine Auszeichnung wäre, über die ich mich freuen musste.

»Dann sollte sie schleunigst ihre Pfoten von mir nehmen«, grummelte ich angewidert. Als ich mich aufrappelte, konnte ich gerade noch verhindern, dass der riesige Hund mir erneut durchs Gesicht leckte. Roddie reichte mir mit ausgestreckter Schnauze ohne Mühe fast bis zum Kinn. Er hatte nicht bloß ein Auge, wie ich im ersten Schreck gedacht hatte, sondern zwei. Nur war das Fell um das rechte schwarz, genau wie Roddies linkes Ohr und ungefähr die Hälfte seines Schwanzes und ein großer Fleck auf dem Rücken. Ansonsten war Roddie schneeweiß. Mit zwei Hörnern und einem Euter wäre er auch als Kuh durchgegangen.

Der Junge, zu dem Roddie anscheinend gehörte, war kaum größer als der Hund und trug auf dem Rücken einen eigenartigen Apparat, der ihn bei unbedachten Schritten aus dem Gleichgewicht brachte. Das Ding rutschte auf einem Gestell hin und her. Noch merkwürdiger war allerdings das Gerät vor seinen Augen, irgendetwas zwischen einer Brille und der Miniaturausgabe eines Fernglases. Vor dem Bauch trug er eine lederne Umhängetasche.

Vor einem Knirps wie diesem musste ich nun wirklich keine Angst haben. Langsam machte ich mir allerdings Sorgen. Durch dieses Haus durfte wohl jeder geistern, schlurfen oder tapsen, verschlossene Türen schienen kein Hindernis zu sein. Zuerst ein seltsam stummes Mädchen, jetzt dieser Junge und dazu auch noch ein Hund von der Größe einer Kuh.

»Und nun zu dir!«, wandte ich mich mit möglichst fester Stimme an den Eindringling. »Erstens, wer bist du? Zweitens, was soll das Ding auf deiner Nase? Und drittens, wie kommst du hier herein?«

Der Junge straffte die Schultern und versuchte so etwas wie eine Verbeugung. Dabei geriet der Apparat auf seinem Rücken ins Rutschen. Der Junge kippte zur Seite. Mit einem schnellen

Sprung packte ich ihn an den Schultern, bevor er der Länge nach hinfiel.

»Horst Friedrich Karl Hippolytus von Mengenfeld Freiherr zu Blankenburg«, keuchte er. »Du kannst Hotte zu mir sagen. Und das ist Roderich von Hallersleben-Mauenstein, genannt Roddie. Und das Ding ist ein …« Er zögerte einen Moment. »Das ist eine Art Nachtsichtgerät.«

»Klar, Nachtsichtgerät. So etwas brauchen Einbrecher und Freiherren, das wusste ich schon immer. Freiherr von und zu was?«

»Verarmter Adel. Verarmt, aber ehrenwert, sagt mein Onkel immer.«

»Aha«, sagte ich. »Aber ehrenwerte Leute laufen nachts nicht im Haus von anderen Leuten herum. Leute, die das tun, nennt man nämlich Einbrecher.«

»Aber die Tür stand doch offen!«, verteidigte sich dieser Freiherr Hotte.

»Welche Tür stand offen?«

»Na ja, die zum Garten.«

»Ach, und das ist eine Einladung, einfach bei uns durchs Haus zu marschieren. Mit einem Riesenköter im Schlepptau.«

»Roddie ist kein Köter. Sein Stammbaum reicht weiter in die Vergangenheit als der der Familie Mengenfeld, und den kann man immerhin bis zu August dem Starken zurückverfolgen.« Die Dogge wedelte mit dem Schwanz und kam dabei ins Wanken. Offensichtlich war es ziemlich schwierig, so viele Kilo Hund unter Kontrolle zu halten. »Es hätte jeder ins Haus gekonnt, das ist ziemlich fahrlässig.«

»Aber nicht jeder ist hier, sondern du. Was machst du hier?«

»Also … äh … wie soll ich das erklären …?«, druckste er herum.

»Vielleicht versuchst du es mit der Wahrheit. Und sag deinem Hund, dass er mich etwas weniger lieb haben oder zumindest damit aufhören soll, mich zu küssen. Ich mag keine Zungenküsse.« Bei diesen Worten musste ich kichern, obwohl ich doch eigentlich sehr ernst und entschlossen klingen wollte.

»Ich auch nicht«, sagte Hotte und grinste ebenfalls, aber das Grinsen verschwand recht schnell wieder aus seinem Gesicht. »Also … äh …«

»Das hatten wir schon«, unterbrach ich sein Gestammel.

»Es gab eine Menge … äh … Aktivität hier ums Haus, seit ein paar Tagen und besonders gestern.«

»Kein Wunder. Wir sind hier eingezogen.« Und nach dem ganzen Getöse um Papas Sturz – inklusive Blaulicht, Krankenwagen und Notarzt – klang die Bezeichnung »eine Menge Aktivität« noch einigermaßen untertrieben.

»Nein, das meine ich nicht. Es ist eine andere Art von Aktivität, nichts, was Menschen machen.«

Ich starrte ihn an, sagte aber kein Wort.

»Das klingt vielleicht ein bisschen komisch, für die meisten jedenfalls, aber hast du schon einmal etwas von paranormaler Aktivität gehört?«

Was nun in mein Gesicht geschrieben stand, weiß ich nicht genau. Natürlich hatte ich von so etwas gehört. Das war noch nicht sehr lange her. Cindy und ich und ein paar von Cindys Freundinnen hatten auf einer Pyjama-Party ein paar Folgen von einer Fernsehserie auf DVD geschaut und nachher ziemlich großen Ärger bekommen, weil die meisten von uns zwei Nächte nicht schlafen konnten.

In der besagten Serie war es um solche merkwürdigen Erscheinungen gegangen, um Spuk, Dämonen, Heimsuchungen aus dem Jenseits – alles was man sich an ziemlich gruseligen Dingen vorstellen konnte. Das war kein Kinderkram mit gut aussehenden Vampiren und Werwölfen gewesen.

»Äh … meinst du ...« Nun war ich diejenige, die stammelte.

»Spuk, Dämonen, Heimsuchungen«, bestätigte er. »Genau das.«

Hatte er meine Gedanken gelesen?

»Hier ist richtig was im Gang.«

»Und da hast du gedacht, dass du einfach mal hier hereinspazieren kannst.«

»Nein, nicht einfach so. Ich dachte, ihr wärt nicht da. Ich musste die Gelegenheit einfach nutzen, meine Kiste hat voll ausgeschlagen, wie noch nie.«

»Deine Kiste?«

Er nickte und drehte sich zur Seite. »Das da.« Er zeigte auf das Gerät, das er auf dem Rücken trug.

Der Kasten ratterte und gab ein leises gleichmäßiges Geräusch von sich, ein kaum vernehmbares Piepen.

»Bei dir piept es wohl«, sagte ich.

»Haha«, antwortete er.

Wahrscheinlich wäre es zwischen uns ewig so weitergegangen, wenn in diesem Augenblick nicht drei Dinge gleichzeitig passiert wären.

Mir wurde kalt.

Das Gerät auf dem Rücken von Hotte piepste hektisch und laut und begann zu rattern.

»Hörst du das?«, fragte ich. Da war etwas, dieses Mal keine Worte, kein Sausen und Flüstern. Es war fast eine Melodie, die begleitet wurde von dieser sonderbaren Kälte, die ich schon mehrmals gespürt hatte. Jemand spielte auf einer Flöte.

»Autsch, der übt noch«, sagte ich, weil der Flötenspieler den einen oder anderen Ton nicht traf. Genau genommen spielte er schrecklich schief, außerdem mischte sich etwas Trauriges zwischen diese Klänge. »Wer spielt denn hier mitten in der Nacht Flöte?«, fragte ich mehr mich selbst als Hotte.

Mit offenem Mund stand dieser vor mir, schnappte nach Luft wie Bobbyboys kleiner Goldfisch, der vor ein paar Wochen aus seinem Glas gesprungen war.

»Da … da … da …«, stotterte Hotte. Er streckte den Arm langsam aus und zeigte über meine Schulter. Sein Zeigefinger zitterte. »Ein … ein …«

»Ja? Ein … ein was?« Wollte er mich ablenken und mir dann eins überbraten und abhauen?

»Das … ich … kann … es …«

»Es …?«

Hotte erwachte aus seiner Erstarrung. Er fummelte an dem Tragegurt seines sonderbaren Gerätes. »Halt den Mund, rühr dich nicht, tu so, als ob nichts wäre.«

Ich stemmte die Fäuste in die Hüften. »Nur zur Erinnerung: Du befindest dich in meinem Haus, da rede ich so viel ich will.«

»Pssst, du verscheuchst es sonst«, zischte Hotte. Er hatte das Gerät abgeladen, blitzschnell zwei Standbeine hinuntergeklappt, vorne einen Deckel abgeschraubt, sodass eine Linse wie bei einem altmodischen Fotoapparat zum Vorschein kam. »Halt mal«, befahl er und reichte mir seine Umhängetasche.

Ich packte zu, obwohl ich mir nicht gerne Befehle geben ließ, schon gar nicht von einem Einbrecher, der zudem mindestens ein Jahr jünger war als ich. Hotte öffnete den Verschluss der Tasche, zog eine flache Platte hervor, ungefähr von der Größe eines Schulheftes, und schob sie in den Schlitz oben an dem Gerät. Die Bewegungen des Jungen waren konzentriert, fast wie in Zeitlupe, als wolle er ein scheues Tier einfangen, das man auf keinen Fall erschrecken durfte.

Behutsam drückte er einen Knopf. In dem Gerät surrte etwas.

»21 … 22 … 23 …«, zählte er, wartete noch ein paar Herzschläge lang und drückte den Knopf ein zweites Mal. »Wenn die Bildplatte noch in Ordnung war, haben wir es im Kasten«, murmelte er. »Morgen wissen wir mehr. Ich glaube, es verströmte eine Menge Ektoplasma.«

»Jetzt ist aber Schluss! Wer verströmt was? Antworte oder ich rufe meinen Vater.« Das war eine ziemlich blöde Drohung, geradezu peinlich, da Papa nach ein paar Schritten umfallen würde, entweder weil er mit seinem Fuß nicht auftreten konnte oder weil ihm wegen der Gehirnerschütterung schwindelig wurde. Aber es wirkte.

»Nein, bloß nicht«, flüsterte Hotte. »Erwachsene sind das Letzte, was wir gerade brauchen können.« Er dachte einen kurzen Moment lang nach, dann fummelte er an seinen Ohren herum und zog die eigenartige Mischung aus einer Brille und einem Fernglas von der Nase. »Da drüben, dreh dich langsam um, erschreck es nicht und schau selbst.«

Ich hielt das Ding vor die Augen. Alles wurde noch dämmriger, nur Schemen waren zu erkennen, hell und dunkel verkehrten sich ins Gegenteil und alles hatte einen Grünstich. Warum Hotte so aufgeregt war, verstand ich jedoch nicht.

»Ich sehe nichts.«

»Neben dem Treppenabsatz«, sagte Hotte.

»Was denn?«, fragte ich. »Da ist nichts.«

Hotte nahm das Brillenfernglas und hielt es sich vor die Augen. »Mist, stimmt. Es ist weg.«

»WAS?« Ich verlor langsam die Geduld.

»Das Gespenst«, sagte Hotte. Er sagte das mit der allergrößten Selbstverständlichkeit, so als ob er beim Bäcker zwei Brötchen verlangte oder feststellte, dass ein Auto auf Rädern fuhr. »Halt mal fest, aber nicht fallen lassen.« Er hielt mir das Brillenfernglas hin und klopfte auf seinen Apparat, den er dann mit wenigen Handgriffen zusammenklappte und auf seinem Rücken verstaute. »Aber ich habe es im Kasten.«

Ich traute meinen Ohren nicht. »Ein Gespenst?«

Hotte nickte. »Ich glaube, es ist harmlos. Das sind sie nicht alle.«

»Na ja, sein Flötenspiel war auf jeden Fall nicht ganz harmlos, bei den schiefen Tönen hätte man fast taub werden können«, witzelte ich in dem Versuch, meine Anspannung in den Griff zu kriegen. Mir war ganz schön mulmig.

Hotte starrte mich mit weit aufgerissenen Augen an, so als sei ich der Geist. »Hast du eben gesagt, da spielte jemand Flöte?«

»Ja, habe ich«, antwortete ich genervt.

»Du hast also was gehört?«

»Ja-haa! Du etwa nicht?«

Er schüttelte den Kopf. »Aber mit dem Ektofokular habe ich was gesehen.«

»Mit dem was?«

»Damit.« Er nahm mir das Brillenfernglas aus der Hand. »Das ist eine ektoplasmatische Brille oder auch Ektofokular genannt.«

»Ich dachte, das ist ein Nachtsichtgerät?«

»So eine Art, ja. Man kann damit, nun ja, klingt vielleicht komisch, aber man kann damit Geister sehen. Besucher aus dem Jenseits, Tote, du verstehst schon.«

Ich verstand nichts, außer dass ich mit einem Verrückten in einer baufälligen Villa stand, die vielleicht bald umkippte. Bevor ich eine weitere Frage stellen konnte – zum Beispiel, ob Hotte nicht nur ein verarmter Freiherr, sondern auch ein armer Irrer war –, schallte ein Ruf durchs Haus: »Melli Bower, wo steckst du?«

»Meine Mutter, sie ist zurück«, sagte ich.

»Ich muss weg«, sagte Hotte. Er schaute mich mit einem flehenden Blick an. »Sag nichts, bitte! Ich kriege einen Riesenärger, wenn sie mich hier erwischt und das meinem Onkel Kalle verrät. Morgen erfährst du alles, was du wissen musst.«

Mamas Schritte klackerten durch den Flur. Ich zögerte, lenkte dann aber ein. »Okay, hau ab. Wir treffen uns morgen im Rosengarten.«

Hotte schaffte es gerade noch, um die Ecke Richtung Gartenzimmer zu verschwinden, bevor Mama um die andere bog und fragte: »Mit wem hast du gesprochen?«

»Gesprochen?«, fragte ich erst einmal zurück. Gegenfragen sind grundsätzlich eine gute Methode. Entweder vergisst der andere sowieso, was er gefragt hat, weil es eigentlich gar keine Frage war, auf die man eine Antwort wollte. Oder man gewinnt Zeit, sich etwas auszudenken.

»Ja, ich glaubte, Stimmen gehört zu haben.«

Bei Mama funktioniert das mit der Gegenfrage selten.

»Äh, das ist das Haus. Du hast doch selbst gesagt, dass es knirscht und knarrt, wie alte Häuser das tun.«

»Hab ich das gesagt?«, fragte sie, bohrte aber nicht weiter.

»Haben sie unsere Kisten gesprengt?«, versuchte ich sie auf ein anderes Thema zu lenken.

Mama hielt den alten Wecker von Oma hoch. »Noch einmal gut gegangen. Morgen bringt eine Spedition den ganzen Rest, dann hast du endlich all deine Sachen.«

Um ehrlich zu sein, interessierten mich meine Sachen gerade kein bisschen, aber das behielt ich für mich.

Ein Rosengarten, in dem die Zeit verrücktspielt

AM NÄCHSTEN MORGEN VERDRÜCKTE ICH mich, bevor Bobbyboy sich an mich hängen konnte oder Mama auf die Idee kam, mir ein Staubtuch in die Hand zu drücken. Dieser Hotte und ich hatten zwar keine Uhrzeit ausgemacht, aber ich war mir ziemlich sicher, dass ich nicht lange auf ihn warten musste. Genau gesagt verstrich keine Minute, bis als Vorhut Roddie herbeitapste und Hotte dann ebenfalls im Rosengarten erschien. Roddies Versuch, mich wieder auf dieselbe überschwängliche und feuchte Weise zu begrüßen wie bei unserem ersten Aufeinandertreffen, konnte ich gerade noch abwehren. Er begnügte sich damit, ausgiebig meine Finger zu lecken.

»Er mag dich wirklich«, sagte Hotte.

»Es könnte aber auch am Frühstücksspeck liegen, den es zu den Rühreiern heute gab«, erwiderte ich.

Wir sahen uns um. Von einem Garten konnte eigentlich kaum noch die Rede sein. Der hintere Teil von Emilies Grundstück war völlig verwildert, die Rosen wucherten ungehindert und verströmten einen schweren, süßen Duft. Schmetterlinge tanzten um die Büsche herum, es schienen noch mehr zu sein als am Tag zuvor.

Ein Eckchen wurde von einem kleinen runden Pavillon aus rostigem Eisen freigehalten, in dessen Mitte ein steinerner Springbrunnen mit einer schmalen Bank rund um das Auffangbecken stand. Wasser spuckte er schon lange nicht mehr. Mengen vertrockneter Zweige und Blätter lagen in dem Becken.

Hotte stellte das Gerät ab, das er wieder auf dem Rücken trug.

»Tagsüber spaziere ich nicht so gerne damit durch die Gegend«, sagte er. »Die Leute denken sowieso schon, dass Onkel Karl und ich ein bisschen sonderbar sind.«

Seinen Onkel hatte ich noch nicht kennengelernt, aber dass Hotte für »ein bisschen sonderbar« gehalten wurde, wunderte mich nicht.

Ich grinste. »Schleicht dein Onkel auch nachts durch fremde Häuser und fotografiert Gespenster?«

Hotte schüttelte den Kopf und antwortete mit großem Ernst: »Nein, er ist Kräuterkundler und Alchemist. Er hat viele Jahre in England verbracht, um bei Eleanor Grubower zu studieren, einer der berühmtesten Expertinnen in Fragen der Kräuterkunde, Alchemie und einer Reihe anderer Wissenschaften, die heutzutage an keiner Universität mehr gelehrt werden.«

Hottes Onkel experimentierte mit verschiedenen Kräutern, Früchten und Blattpflanzen, deren Herkunft kein Mensch kannte. Er baute sie in einem Gewächshaus in dem kleinen Garten an, der an unseren grenzte, und er hoffte schon seit einigen Jahren auf den Durchbruch. Ziel war es, ein ganz neuartiges Getränk auf den Markt zu bringen, mit dem man morgens wach werden, mittags Energie tanken und abends einschlafen konnte. Gesund für Mensch, Hund, Katze, Zierfische und sonstige Lebewesen sollte es auch sein. Und es sollte die Familie Mengenfeld wieder reich machen und ihr zu altem Ruhm verhelfen.

Hotte lachte. »Ich glaube, dass Roddies unglaubliche Fürze etwas mit diesen Versuchen zu tun haben. Es ist ein ziemlich großes Glück, dass noch niemand vergiftet wurde. Zuerst probiert Onkel Karl seine Kräutermischungen selbst und dann muss Roddie als Versuchskaninchen ran.«

»Okay, ein Geisterjäger und ein Alchemist. Etwas sonderbare Hobbys zu haben, liegt bei den von und zu Mengenfelds wohl praktisch in der Familie«, sagte ich, während wir uns auf die schmale Bank setzten. Roddie machte es sich zu unseren Füßen bequem.

»Das ist kein Hobby, das ist eine ernst zu nehmende Wissenschaft. Sich mit paranormalen Aktivitäten und Besuchern aus der anderen Welt zu beschäftigen, hat eine sehr lange Tradition.«

Hotte zog einen Gegenstand ungefähr von der Größe eines Taschenbuchs hervor. Es handelte sich um eine Art Glasplatte, die in einen schmalen Rahmen eingefasst war. Die eine Seite war mit einem an Butterbrotpapier erinnernden Schutz bedeckt.

»Ektoplasmatische Bildtafeln sind lichtempfindlich. Sie verblassen schnell.« Hotte schaute nach der Sonne, aber es drangen nur wenige Strahlen durch die dichte Rosenhecke. Er lüftete das Schutzpapier.

»Das Mädchen …«, kroch es mir beim Anblick der Tafel über die Lippen.

»Du kennst sie?«, fragte Hotte erstaunt. »Die Aufnahme ist von heute Nacht, ich dachte, du hättest sie nicht gesehen?«

»Ich habe sie aber gesehen. Vorher. Tagsüber.«

»Tagsüber?« Hottes Mund blieb offen stehen. Er starrte mich mit weit aufgerissenen Augen an, sie kullerten mir fast entgegen.

»Ich habe auch mit ihr gesprochen.«

»Mit ihr gesprochen?«

»Sie saß auf der gegenüberliegenden Straßenseite im Baum.«

»Im Baum?« Hotte schnappte nach Luft.

»Und später im Haus hat sie sich noch einmal gezeigt.«

»Noch einmal …« Er ließ die Luft mit einem Zischen wieder ab.

»Wenn du weiter alles wiederholst, was ich sage, könnte das ein langweiliges Gespräch werden«, sagte ich. Aber mir war natürlich klar, dass es für Hotte jetzt schon das aufregendste Gespräch war, dass er seit Langem, vielleicht in seinem ganzen Leben geführt hatte.

»Du … du … du hast sie tagsüber gesehen, das ist ungewöhnlich, sehr, sehr ungewöhnlich. Und dass sie mit dir gesprochen hat …« Er sprang auf, umrundete mit schnellen Schritten den Brunnen, drehte um und legte den Weg in der umgekehrten Richtung noch einmal zurück. »Hammer«, sagte er schließlich und ließ sich wieder auf die Steinbank sinken. »Dann bist du eine Kontakterin. Vielleicht sogar mehr, das ist der Hammer. Wenn ich davon in meinem Online-Forum erzähle, geht hier morgen die Post ab.«

»Dann tust du das auf gar keinen Fall.«

»Stimmt. Die Konkurrenz ist natürlich als Erste da.«

»Konkurrenz?«

»Wenn du alles wiederholst, was ich sage, könnte es ein langweiliges Gespräch werden.« Hotte grinste, wurde dann aber wieder ganz ernst. »Ich schreibe schon seit gut zwei Jahren an einem neuen Standardwerk zu diesem Thema. Es soll das *Handbuch der Spukerscheinungen von 1849 in der vollständig überarbeiteten Auflage von 1923 mit 37 Bildtafeln und einer völlig neuen Klassifizierung der Geistwesen* ersetzen. Davon gibt es leider kein einziges Exemplar mehr, ich habe im Internet danach gesucht, aber kein Händler von alten Büchern bietet es an. Nur an eine Fotokopie des Inhaltsverzeichnisses bin ich gekommen. Wenn ich es noch um ein Kapitel über einen Kontakter ergänzen könnte, wäre das –«

»Der Hammer«, sagte ich.

»Warum grinst du so?«, fragte Hotte.

»Ich grinse gar nicht«, wehrte ich ab, aber das stimmte nicht. Ich hatte sehr wohl gegrinst, nicht nur, weil Hotte ein schräger Typ war, sondern weil ich vielleicht noch eine große Überraschung für ihn hatte. Zuerst interessierte mich aber noch etwas anderes: »Du kannst diese *Besucher* also nur mit deinem Brillenfernglas-Ding sehen?«, fragte ich.

Hotte nickte und zog umständlich das Ektofokular, das er schon am Vorabend auf der Nase gehabt hatte, hervor. »Ja, stimmt. Im Prinzip funktioniert es tatsächlich wie ein Fernglas, es geht angeblich auf eine Konstruktion von Harry Price zurück, einem der berühmtesten Geisterjäger aller Zeiten, bewiesen ist das allerdings nicht. Ich habe es aus dem Nachlass meines Urgroßvaters bekommen, der das *Handbuch der Spukerscheinungen* bereits 1923 das erste Mal überarbeitet hat. Entscheidend ist das hier.« Hotte nahm den spiegelschwarzen Aufsatz von dem Ding. »Er besteht aus einem ähnlichen Material wie die Beschichtung der Rohlinge für die ektoplasmatischen Bildtafeln, wenn du –«

»Moment mal«, unterbrach ich seinen Redefluss. »Was ist das für ein Zeug, dieses Ektoplasma?«

»Es hat noch keiner so richtig analysieren können. Klar ist aber, dass es von Geistwesen ausgeschieden wird.«

»Geisterkacke?«, kicherte ich.

»Hey, mach dich nicht lustig.«

»Sorry, komm schon, es hörte sich so an.«

»Okay. Es handelt sich um ein lichtempfindliches Zeug, deswegen sieht man es am besten im Dunkeln. Es ist ein weitverbreiteter Irrglaube, dass um Mitternacht die Geisterstunde beginnt. Das ist Quatsch. Geister kommen und gehen, wann sie Lust haben, einige sogar tagsüber. Allerdings kommt das eher selten vor, weil sie wissen, wie viel Durcheinander sie damit anrichten.«

Hotte beschäftigte sich mit diesen Dingen sehr ernsthaft. Da das für fast alle, die er kannte, Kinderkram, Hokuspokus oder mindestens albernen Aberglauben darstellte, behielt er die Erkenntnisse seiner Forschungsarbeiten für sich – bis zu dem Tag, an dem er alle Beweise beisammen haben würde. Hieb- und stichfeste Beweise, wie er betonte.

»Niemand weiß ganz genau, ob die tagsüber aktiven Gespenster tatsächlich in der Minderzahl sind. Vielleicht fallen sie bei Sonnenschein und im Alltagsrummel nur nicht so auf.«

Ich stimmte ihm zu. »Wenn man sich nachmittags um drei Uhr durch ein Einkaufscenter drängelt, ist kaum zu unterscheiden, ob die blassen Gestalten in einem Schuhgeschäft Damen sind, die mit zu viel Puder ihre Falten verstecken, oder vielleicht doch der Geist einer Boutique-Verkäuferin, die sich an den reichen Zicken rächen will.«

Hotte sah mich etwas irritiert an und grinste dann. »Genau. Und mit den Geräuschen ist es ganz ähnlich. Viele Poltergeister kann man nur hören, wenn man die Fähigkeit dazu hat. Ich kann es leider nicht. Schabendes Kratzen und Quietschen können von der defekten Rolltreppe im Einkaufscenter kommen und das Bollern und Stampfen von der Tanzschule im obersten Geschoss. Das lässt sich schwer auseinanderhalten. Nachts kommt man übernatürlichen Aktivitäten daher am besten auf die Spur, weil drum herum einfach viel weniger passiert. Wenn es dunkel ist, fallen ungewöhnliche Geräusche und Lichteffekte viel mehr auf.«

Das klang einleuchtend.

»Ein paar Forscher behaupten, das Sonnenlicht tue den Geistern nicht gut, ähnlich wie bei Untoten, Vampiren, Wiedergängern. Daran glaube ich nicht.« Er schnaubte verächtlich. »Vampire! Das sind nur Märchen, um Kinder und leichtgläubige Blödmänner zu erschrecken. Oder um Hollywoodfilme draus zu machen, sodass plötzlich alle Mädchen von einem Vampir gebissen werden wollen, Hauptsache, er sieht so süß aus wie der Hauptdarsteller.«

»Und mit diesem Ding kannst du Gespenster fotografieren?« Ich versuchte, so ernst wie möglich zu fragen, während ich auf das Rucksackgerät deutete. Alles, was Hotte erzählte, klang immer noch nach einem ziemlich verrückten Tick.

»Das habe ich dir doch gezeigt«, erwiderte er und hielt mir die Platte unter die Nase.

»Jetzt mal ehrlich«, entgegnete ich. »Das kann doch jeder. Solche Bilder kann man ganz leicht am Computer fälschen.«

Hotte warf mir einen genervten Blick zu und sagte gar nichts.

Es hatte sich schon in der Nacht ein Verdacht bei mir eingeschlichen: Vielleicht steckten dieser Hotte und das Mädchen unter einer Decke. Noch vor dem Frühstück war ich in die Bibliothek gegangen und hatte nach dem Buch gesucht, das Mama meinem kleinen Bruder weggenommen hatte. Es war genau das *Handbuch der Spukerscheinungen,* von dem es angeblich kein Exemplar mehr gab. Und auf das Hotte so scharf war.

Im Vorwort stand, dass es viele Betrüger gab, die mit allerlei Tricks und Täuschungen den Leuten vormachten, dass sie mit dem Jenseits Kontakt aufnehmen konnten, und fast immer arbeiteten sie als Zweierteams zusammen. Einer war das sogenannte Medium mit der besonderen Gabe, mit den Toten sprechen zu können, der andere fuhr ein kleines Programm von Ablenkungen, Geräuschen, Stimmen ab. Als die Fotografie erfunden wurde, konnte man sogar Beweise vorlegen, die natürlich gefälscht waren.

Andererseits war ich in der Nacht zuvor dabei gewesen, als Hotte das Mädchen im grünen Kleid abgelichtet hatte. Vielleicht war doch was dran an der ganzen Geisterjagd-Spinnerei?

Ich beschloss, Hotte erst einmal nichts von dem Buch zu verraten und alles, was er wusste, etwas ernster zu nehmen.

»Dann zeig mal, wie das Fotodings genau funktioniert«, wandte ich mich Hotte zu. Das musste ich nicht zweimal sagen.

Hotte legte den Hebel an der linken Seite des Geräts vorsichtig um. Mit einem leisen Klicken rastete er ein. Damit sei die Maschine bereit, erklärte er, sozusagen entsichert, wie bei einer Pistole, mit der man auch nicht einfach so losballern könne. Hotte wollte natürlich nicht losballern, schließlich handelte es sich nicht um eine Waffe, sondern um eine Vorrichtung, die der rein wissenschaftlichen Forschung und Erkenntnis diente, wie er beteuerte.

»Diese ganzen Geschichten mit Jägern, die Geister einfangen oder töten oder neutralisieren können, sind natürlich Käse. Alles reine Fantasie«, sagte Hotte.

Das stand genau so auch in dem Vorwort des Handbuchs, aber ich schwieg dazu.

»Wenn man überhaupt von ›schießen‹ sprechen will, dann ist es eben eine Art Foto, das geschossen werden kann. Um genau zu sein, handelt es sich um ektoplasmatische Bildtafeln, die belichtet werden können. Das hast du ja gestern schon mitbekommen.« Er tippte auf das Foto von dem Mädchen.

Mit diesen Bildtafeln gab es offenbar ein Problem. Von den dazu notwendigen Rohlingen besaß Hotte noch genau acht, ursprünglich waren es elf Stück gewesen. Hotte hatte sie mitsamt der ramponierten Maschine im Internet bei einem Händler gekauft, der keinen blassen Schimmer davon gehabt hatte, was man mit diesem Apparat anfangen konnte. Zwei Platten hatte Hotte bei seinen beiden ersten Versuchen zerbrochen und eine war nun mit dem Mädchen im grünen Kleid belichtet.

»Das Gerät ist so eine Art Zwischending aus einem Seismograph, mit dem du auch kleinste Erschütterungen aufzeichnen kannst, einem Aufnahmegerät für Geistergeräusche und eben der Kamera, die auch die geringste Spur von Ektoplasma nachweist. Es wird auf die mit einer speziellen Silberpaste bestrichenen Tafeln gebannt.«

Roddie hatte es sich zwischen den vertrockneten Blättern, die den ganzen Boden bedeckten, bequem gemacht. Er schmatzte und schleckte sich das Maul und furzte im Schlaf.

»Oh, Entschuldigung. Ich glaube, er träumt von Leberwurstbroten, das ist sein Lieblingsessen«, sagte Hotte. »Jetzt schau hier.«

Aus dem Gerät ratterte ein Papierstreifen, den der Seismograph mit wilden krakeligen Linien vollstrichelte. Hotte stampfte mit dem Fuß auf und der Zeiger schlug in spitzen Linien aus. Erschrocken hob Roddie den massigen Kopf, blieb aber liegen.

»Da könntest du in unserem Haus viel aufnehmen. Erstens knarrt es immer und überall und besonders standfest scheint es auch nicht zu sein. Wahrscheinlich kippt es bald um.«

Hotte lächelte überlegen. »Tja, du musst das auch richtig lesen können. Alles, was von Menschen verursacht wird, schlägt mit diesen Spitzen aus. Besucher verursachen jedoch runde wellenförmige Linien.« Er sah sofort, dass ich ihm noch nicht wirklich glaubte. »Zum Beispiel diese hier«, Hotte kramte in seinem Rucksack, »die sind gestern Nacht entstanden, als ich den Geist des Mädchens abgelichtet habe.« Auf dem Papierstreifen waren sanfte lang gezogene Wogen zu sehen, die ganz plötzlich in einen wilden Wellengang überwechselten. »Hier sieht man deutlich den Moment, als sie verstanden hat, was ich gerade mache. Das Gerät zeichnet ihre Gefühle auf. Die verursachen nämlich Schwingungen. Manchmal spürt man sie wie einen Windhauch.«

Das Gerät ratterte plötzlich laut auf. Roddie winselte und machte sich aus dem Staub. Hotte starrte zuerst mich an, dann das Gerät, dann wieder mich.

»Na, da scheinen gerade ganz schön starke Gefühle im Spiel zu sein«, sagte ich und schaute auf den Papierstreifen, der nun schnell und schneller aus dem Kasten gespuckt wurde. Die Bemerkung war flapsig gemeint, ich überspielte damit, was ich tatsächlich spürte: den mir schon gut bekannten eisigen Windhauch.

Wellenförmige Linien erschienen auf dem Streifen.

Wilde Wellen, ein Jahrhundertsturm sozusagen.

Der eisige Windhauch wurde stärker.

»Hier ist jemand«, flüsterte Hotte mir zu. Er schaute sich um. Meine Blicke folgten seinen. Mir war auf einmal eiskalt, obwohl die Sonne mittlerweile mit kräftigen Strahlen die Rosen beschien.

»Schau dir das an«, flüsterte ich ebenfalls. »Da …«

Eine Rosenblüte – gerade noch voll und kräftig und schneeweiß – knisterte, die Blütenblätter stellten sich auf, als erstarrten sie. Und das taten sie wirklich, denn als ich sie berührte, zerbrach die Blüte, jedes einzelne Blatt, in kleine Stücke, als habe man sie schockgefrostet. Und mir fiel noch etwas auf: die Schmetterlinge. Sie waren verschwunden. Alle.

Dafür saß nun eine Maus auf dem Rand des Springbrunnens. Sie hatte bloß ein Auge, aus dem sie mich anstarrte. An wen erinnerte sie mich? Dieser Blick war so …

»Melli? Melliiii?« Hotte packte mich an beiden Schultern. »Du bist ja ganz blass. Hast du Angst vor Mäusen?«

Ich schüttelte den Kopf. Natürlich nicht. Ich hatte mich noch nie vor Mäusen gefürchtet, nicht einmal vor Ratten, auch nicht vor Spinnen oder Schlangen. Aber diese Maus ließ mich in blanker Angst erstarren. Unendlich böse schaute sie mich an mit ihrem einen Auge und verströmte damit eine eisige Kälte.

Der Klang eines Gongs holte mich zurück in das von Rosen umwucherte Eisenrondell. Anders konnte man es nicht ausdrücken: Das *Dooong!!!* holte mich zurück, denn ich hatte das Gefühl, beim Anblick der einäugigen Maus in einer anderen Welt gewesen zu sein, obwohl mir gleichzeitig absolut klar war, dass ich mich keinen Millimeter vom Fleck bewegt hatte.

Ich zuckte zusammen, als mich jemand an der Schulter rüttelte.

»Melli, ist alles in Ordnung?«

Wie durch einen Schleier sah ich einen Jungen, zuerst nur

seine Umrisse, dann nahm er mehr und mehr klare Gestalt an, und mir fiel auch wieder ein, dass er nicht irgendein Junge war, sondern der Neffe unseres Nachbarn. Einen Moment lang musste ich noch in meinem Gedächtnis nach dem Namen graben.

»Ho...«, brachte ich endlich mühsam hervor. »Hotte!«

»Genau der«, antwortete Hotte. Er schaute mich forschend und gleichzeitig besorgt an. »Ist alles in Ordnung?«, wiederholte er seine Nachfrage.

Ich war mir alles andere als sicher, ob alles in Ordnung war. Aber sollte ich ihm antworten: »Weißt du, ich bin noch ein bisschen verrückter als du und dein Onkel zusammen, und ich glaube, dass mich gerade eben eine Maus hypnotisiert hat«?

»Jaja ... ganz sicher. Die Zeitumstellung, verstehst du, nach so einer langen Reise ist man ein paar Tage lang ein bisschen durcheinander. In New York ist es jetzt ...«

Wie viel Uhr war es überhaupt? Ich schaute auf meine Marienkäfer-Uhr, die ihren Betrieb wieder aufgenommen und die ich heute Morgen auf die richtige Zeit eingestellt hatte.

»Genau fünf Uhr am Nachmittag«, sagte Hotte. »Der Gongschlag gerade war nämlich der Ruf zur Teatime. Seit mein Onkel bei Eleanor Grubower studiert hat, pflegt er die feine englische Art, und da gibt es immer um Punkt fünf Uhr Tee.« Bevor Hotte den Satz ganz ausgesprochen hatte, weiteten sich seine Augen mehr und mehr. »Das kann nicht sein«, sagte er dann.

Ich schaute auf den großen Zeiger meiner Uhr. Ich schüttelte den Arm. Der Käfer rührte sich nicht. Die Uhr war um 09:34 Uhr stehen geblieben.

»Das kann nicht sein«, wiederholte Hotte. »Onkel Karl ist um neun Uhr in die Stadt gefahren, ich habe Roddie gefüttert, dann bin ich hierher gelaufen. Es *kann* noch nicht fünf Uhr sein.«

»Horst Friedrich Karl Hippolytuuuus ...«, rief jemand.

Hotte verdrehte die Augen.

»Five o'clock. It's teatime.«

Hotte und ich starrten uns an. Als in der Ferne die Kirchturmuhr fünfmal schlug, waren wir uns beide sicher: Etwas stimmte hier nicht.

»Kapitel sieben«, flüsterte Hotte.

Ich schaute ihn fragend an.

»Kapitel sieben des *Handbuchs der Spukerscheinungen von 1849 in der vollständig überarbeiteten Auflage von 1923 mit 37 Bildtafeln und einer völlig neuen Klassifizierung der Geistwesen.* Gerade dieses Kapitel hat mein Urgroßvater stark überarbeitet. Nachdem Albert Einstein die Relativitätstheorie entwickelt hat, in der ...«

»Hotte! Bitte keinen Vortrag über Albert Einstein. Um was geht es in Kapitel sieben?«

»Es lautet *Einfluss von paranormalen Aktivitäten auf Naturgesetze unter besonderer Berücksichtigung von Raum- und Zeitanomalien.*«

»Raum- und Zeitanomalien?«, fragte ich.

»Hotte, wird das bald was?«, schallte nun der ärgerliche Ruf von Hottes Onkel herüber. Es klang gar nicht nach feiner englischer Art. »Beweg deinen Allerwertesten her. Der Tee wird kalt.«

»Besucher können Naturgesetze kurzfristig außer Kraft setzen. *Zeitzähe* kann eintreten oder auch das Gegenteil, die sogenannte *galoppierende Zeit.* Die Zeit vergeht gar nicht oder viel zu schnell. Ich denke, es handelt sich um das Letztere. Hier war noch jemand. Ein Besucher. Alle Beweise sprechen dafür.«

»Beweise?«, fragte ich. »Dein sonderbares Gerät und ein Kapitel in einem Buch, das du mir nicht einmal zeigen kannst – das nennst du BEWEISE?« Irgendwie hatte sich meine Bereitschaft, Hottes Spinnereien ernst zu nehmen, in den letzten Minuten in Luft aufgelöst.

»Hoooötteeee!!!!«

»Ich muss weg«, sagte Hotte. Er schulterte das Gerät und sammelte hastig seine Papiere zusammen. »Wir sehen uns später, okay?«

Eine Antwort wartete er nicht ab. Roddie kam aus einem Gebüsch gewatschelt und hatte Mühe, mit seinem Herrchen Schritt zu halten.

Ein Hoffnungsschimmer am Horizont

AURORA WUSSTE NICHT, warum sie mit diesem Schicksal gestraft worden war. Als Gespenst durch die Jahrhunderte zu geistern – das war wirklich eine Strafe. Die Lebenden fürchteten die Geister der Verstorbenen, die keine Ruhe fanden. Das machte auf die Dauer ziemlich einsam.

Emilie Bauerfeind hatte dem Mädchen das Haus vererbt. Sollte es die Nachfolgerin der alten Dame werden, die Aurora von so vielen empfohlen worden war? Bestimmt ging es in dem Brief darum, ganz bestimmt! Jedenfalls hoffte Aurora das so sehr.

Am wichtigsten war jedoch, dass das Mädchen aus New York Aurora sogar sehen konnte. Diese Melli musste nur die drei Fragen stellen, dann konnte Aurora erlöst und alles gut werden.

Seit ihrem Tod am 13. Juli des Jahres 1518 hatte Aurora viel gelernt. Sie wusste, dass die Zeitrechnung der lebenden Menschen anders war als die der Gefangenen in der Zwischenwelt. Für Aurora und ihresgleichen konnte sie im Flug vergehen oder sich zäh dehnen. Man konnte daran schier verzweifeln, wenn die Stunden, Wochen, sogar Jahrzehnte nicht vergehen wollten.

Viele Gespenster erschienen den Lebenden, weil sie noch eine Aufgabe erfüllen mussten, bevor sie aus der Zwischenwelt entlassen wurden. So hatte Aurora einmal das Kindermädchen eines Kaufmannssohnes getroffen. Sie war an einer schweren Lungenkrankheit gestorben und erschien dem Vater des Kindes Nacht für Nacht, um den reichen Mann zu warnen: Jemand im eigenen Handelskontor des Kaufmanns wollte den Jungen entführen und ein Lösegeld erpressen.

Andere Geister rächten sich, besonders die Opfer von Mord und Totschlag. Sie verfolgten die Missetäter mit ihrem Spuk, bis diese Reue zeigten oder einem gerechten Urteil zugeführt wurden.

Aurora selbst hatte zu Lebzeiten einen Fehler begangen, das wusste sie. Und dieser Fehler hielt sie in der Zwischenwelt gefangen. Gutmachen konnte sie ihn nicht mehr. Sie konnte auch nicht darüber sprechen, was passiert war, sie hatte es damals geschworen, hoch und heilig. Niemals würde sie einem geliebten Menschen so in den Rücken fallen.

Sie war unendlich traurig und einsam, wodurch sie eine eigentümliche Kälte verströmte. Ihre Gefühle lösten heftige Reaktionen bei den Menschen aus. Wenn sie traurig wurde, erschöpfte es alle Lebenden. Dabei wünschte sie sich den Kontakt doch so sehr!

Am schlimmsten war jedoch, dass sie mit den Lebenden nicht einfach so sprechen konnte. Immer kam dabei ein wirres

Sausen und Brausen heraus, ihre Worte wurden wie von einem Wind davongetragen und kamen mal so und mal so, mal mehr und mal weniger bei den Angesprochenen an.

Aurora hatte schon gesehen, wie eine Frau auf der Stelle dem Wahnsinn verfallen war, als ihr zum ersten Mal ein Geist erschienen war. Andere erschreckten sich so sehr, dass sie kein Wort darüber verloren, aus purer Angst, alle anderen könnten sie für verrückt halten. Und wiederum andere waren für Wesen wie Aurora unerreichbar, dafür aber auch unempfindlich für das Durcheinander, das jemand wie Aurora anrichten konnte, weil sie von dem, was die Geister und Spukgestalten trieben, schlichtweg weder etwas sahen noch etwas hörten oder spürten.

Mit ziemlich großer Sicherheit gehörte die Mutter des Mädchens zu dieser letzten Sorte Lebender. Gestern war sie in die Küche gekommen und hatte sich fast auf Aurora draufgesetzt.

Aber das Mädchen, Melli, sie spürte die Kälte, und sie hörte, was Aurora sagte, auch wenn es noch recht sonderbar für sie klingen musste. Miteinander sprechen konnten sie jedoch nur, wenn Melli Aurora ausdrücklich darum bitten würde.

»Du musst die Menschen dazu bringen, dich zu sich einzuladen«, hatte der Hufschmied ihr erklärt. Bei ihm hatte Aurora vor ein paar Jahrhunderten einige Zeit verbracht. Er war ein gutmütiger Geist gewesen, der sich in sein Schicksal gefügt hatte. »Erst dann kannst du mit ihnen umgehen, als seiest du ihresgleichen. Fast.« Bei den letzten Worten hatte der Hufschmied so unendlich traurig ausgesehen.

Erst sehr viel später hatte Aurora verstanden, warum. Wenn ein Mensch sie »zu sich einlud«, konnte sie sich mit ihm verständigen und sich ihm zeigen, vielleicht konnten sie sogar Freunde werden, aber eines würde niemals möglich sein: dass ein Mensch und der Geist eines Verstorbenen sich berührten.

Bei ihrer Ankunft in Kohlfincken hatte Aurora geglaubt, es

geschafft zu haben. Ihre Erlösung aus der Zwischenwelt war greifbar nahe gewesen, aber dann war der Einäugige aufgetaucht. Der Kerl hatte die Gestalt von Foufou angenommen, auch wenn er viel größer als ihr geliebter Kater war und nicht verbergen konnte, dass er nur ein Auge hatte.

Und dann war dieser Junge aufgetaucht, der vorgab, ein Freiherr zu sein. Aurora hatte verächtlich geschnaubt. Ein Freiherr! Das war niederer Adel, Aurora war es gewohnt, mit den Abkömmlingen von Fürsten, Herzögen, sogar Königen und Päpsten zu verkehren. Sie wusste, wie sich Edelmänner verhielten, und dieser Hotte, nein, das war kein Edelmann.

Ein größeres Problem war jedoch, dass er vielleicht ein Helfershelfer des Einäugigen war. Der Einäugige brauchte immer wieder einmal Menschen, die ihm vorbehaltlos dienten und die schmutzigen Aufträge übernahmen. Vor allem, wenn es darum ging, jemand aus dem Weg zu räumen. Denn das konnte der Einäugige, bei aller Macht, die er hatte, nicht so leicht.

Aurora wusste, dass sie das Haus nun auf keinen Fall mehr verlassen durfte. In der Villa, in der Nähe der Pforte, war sie halbwegs sicher vor dem Einäugigen. Zu nah an den Übergang zum Jenseits heranzukommen, konnte eine große Gefahr für ihn bedeuten. Er würde es nicht wagen, sich diesem Ort zu nähern, auch wenn die Stelle der Pförtnerin gerade nicht besetzt war.

Ein Besucher, der sich auflöst

ALS ICH ZURÜCK INS HAUS kam, erwarteten mich Mama und eine Standpauke. »Wo warst du den ganzen Tag? Wir haben uns Sorgen gemacht. Du kannst dich doch nicht nach dem Frühstück aus dem Staub machen, und keiner weiß, wo du bist. Wir kennen hier keinen Menschen. So alleine durch die Gegend zu streifen, ist gefährlich.«

Sollte ich meiner Mutter antworten, dass ich eigentlich nur eine knappe Stunde weg gewesen war und es sich um einen akuten Fall von galoppierender Zeit handelte? Verursacht von einem Besucher aus dem Jenseits?

»Mama, das ist Kohlfincken und nicht New York. Wir waren außerdem die ganze Zeit hinten im Garten und haben einfach die Zeit vergessen.« Ich wusste genau, dass Mamas Neugier nun nicht mehr zu bändigen war.

»Wir?«, fragte sie. Dabei zog sie die rechte Augenbraue hoch. Die rechte Augenbraue war ihre *Ich platze gleich vor Neugier!*-Augenbraue. Die andere war die *Ich platze gleich vor Wut!*-Augenbraue.

»Ich habe jemand kennengelernt.«

Die rechte Augenbraue stieß fast an die Zimmerdecke. Sie nahm mich an beiden Händen, und es fehlte nur wenig und sie wäre mit mir im Kreis getanzt.

»Oh wie wunderbar, du hast schon Anschluss gefunden, das ging doch viel schneller als erwartet.« Mama hatte seit der Entscheidung, hierher zu ziehen, bestimmt hundert Mal beteuert, ich würde »ganz bestimmt sehr schnell Anschluss finden«, was ein bisschen so klang, als könne man sich einfach irgendwo einklinken und alles sei geritzt, wie zwei Eisenbahnwaggons, die dann zusammen weiterfuhren. »Dann müssen wir deine neue Freundin sehr bald zu uns einladen.«

Ich behielt vorerst für mich, dass die Freundin ein Junge war und Horst Friedrich Karl Hippolytus von und zu irgendetwas hieß, zudem ein verarmter Freiherr war und in seiner Freizeit einem sehr eigenartigen Hobby nachging. Stattdessen bot ich Mama an, ein wenig Staub zu wischen, schließlich gab es in unserer Villa noch eine Menge zu tun.

Tatsächlich zog ich mich jedoch so schnell wie möglich in die Bibliothek zurück, um weiter im *Handbuch der Spukerscheinungen* zu lesen. Es lag noch da, wo ich es versteckt hatte: hoch oben in einem der vollgepackten Regale. Ich musste auf einen Hocker steigen, um es herunterzuholen.

Der braune Einband des dicken Buches war sehr abgegriffen. Das Buch war wohl schon durch viele Hände gegangen oder jemand hatte sehr oft darin gelesen.

Auf der ersten Seite stand der Titel des Buches, darunter hatte jemand einen Stempel in einem quadratischen Format gesetzt. Er bildete einen Schmetterling ab. Wieder ein Schmetterling. Ich erinnerte mich an den Nachsatz in Emilie Bauerfeinds Brief: *Die Schmetterlinge lügen nicht,* hatte dort gestanden. Über dem ein wenig verblichenen Motiv stand in geschwungenen Buchstaben *Ex Libris,* darunter der Name *Agatha Bauerfeind.*

Ich hatte solche Stempel mit den Wörtern *Ex Libris* bereits in ein paar von Papas alten Büchern gesehen. Sie zeigten an, wem das Buch gehörte. Agatha Bauerfeind musste eine weitere Vorfahrin unserer Familie sein, vielleicht die Mutter von Emilie.

Noch interessanter war allerdings die handschriftliche Widmung auf der nächsten Seite:

Meiner sehr verehrten Nachbarin und Freundin Agatha schenke ich dieses Buch mit größtem Dank für die tatkräftige Mitarbeit – liebe Agatha, ohne Ihre Hilfe wäre ich verloren gewesen. Ihr August Gottlieb Servatius Freiherr von Mengenfeld.

Das musste Hottes Urgroßvater sein, der das Handbuch vor fast hundert Jahren überarbeitet hatte. Er kannte meine Vorfahrin, es gab bereits eine Verbindung zwischen unseren Familien.

In dem Buch wurden alle bekannten Spukgestalten, Gespenster und sonstige Besucher aus dem Jenseits beschrieben. Sie hatten eines gemeinsam, und das war etwas, das sie eben nicht hatten: einen Körper.

Hottes Urgroßvater bestätigte im Vorwort seiner Bearbeitung, was im Jahr 1849 schon der ursprüngliche Verfasser des Werkes festgestellt hatte:

Untote, sogenannte »lebende Tote« (siehe auch Stichwort »Zombie«), ebenso Vampire, also alle scheinbar aus ihren Grä-

bern auferstandenen Körper von Toten, die ihrer Seele beraubt wurden, gehören zum Volksglauben und müssen in das Reich der Legende verwiesen werden. Sie dienen dazu, Menschen in Angst und Schrecken zu versetzen, und der Glaube an ihre Existenz entbehrt jeglicher wissenschaftlichen Grundlage.

»Na immerhin«, murmelte ich und konnte mir dabei ein Lächeln nicht verkneifen. »Von Zombies werden wir hier also verschont bleiben.«

»Gibt es hier Zombies?«, schreckte mich die Stimme von Bobbyboy auf.

Er hatte sich angeschlichen und stand direkt neben mir. Ich war so mit dem Buch beschäftigt gewesen, dass ich es nicht bemerkt hatte. Ohne mich zu fragen, schnappte er sich das Buch und rannte damit um den großen Tisch in der Mitte der Bibliothek.

»Bobby, was fällt dir ein«, schrie ich ihn an.

»Das ist das Buch, das ich nicht angucken darf«, sagte er.

»Dann gib es mir ganz fix zurück!« Mein Versuch, es mir zurückzuholen, scheiterte. Bobby flitzte um den Tisch herum, auf der anderen Seite stoppte er und machte mir eine lange Nase.

»Du kleiner Mistkerl!«, rief ich.

»Warum darfst du das Buch lesen und ich nicht?«

Er konnte noch nicht richtig lesen, sondern schaute sich eigentlich nur die Bilder an, aber darum ging es hier nicht.

»Weil du noch ein kleiner Furzknoten bist und ich deine große Schwester. Und weil das Buch *mir* gehört. Ich habe es mitsamt dem Haus geerbt.«

Vermutlich zog dieses Argument bei Bobbyboy nicht. Ihn interessierte es sonst auch nicht, was mir und was ihm gehörte. Für einen kleinen Augenblick dachte er über meine Worte nach.

»Waaaas?«, sagte er. »Alles gehört di-hiir?«

Wenn er die Wörter so in die Länge zog, wusste ich genau, was danach kam: ungefähr das Gegenteil von dem, was man von ihm wollte. Aber ich nutzte diesen kurzen Moment der Unachtsamkeit und hechtete einfach quer über den Tisch. Bevor er reagieren konnte, hielt ich das Buch auch schon mit beiden Händen. Er starrte mich an, ließ aber nicht los. Mit einem Ruck brachte ich das Buch an mich.

Bobbyboy quietschte.

»Wenn du den Mund nicht hältst ...«

Mein Bruder schaute mich herausfordernd an. »Was dann?«, fragte er.

Ich überlegte blitzschnell. Mir fiel nichts ein. Ich klappte das Buch an irgendeiner Stelle auf und hatte Glück. Auf der Seite gab es eine Abbildung, die Ähnlichkeit mit der ektoplasmatischen Bildplatte von Hotte hatte. Auf diesem Foto erhob eine grünlich schimmernde Gestalt in einem verzerrten Schrei die Hände. Sie musste bei ihrem Tod schreckliche Schmerzen gelitten haben, denn in ihrem Hals steckte ein Messer.

»Dann besucht dich heute Nacht der Messergeist.«

Ich zeigte ihm die Buchseite. Das war nicht sehr nett, aber er sollte mich endlich in Ruhe lassen, was er auch auf der Stelle tat. Ohne ein Wort zu sagen, rannte er hinaus in die Halle.

Erst dort rief er: »Das sage ich Mama.«

Mir war klar, dass meine Idee dumm gewesen war. Ich las so schnell ich konnte weiter:

Bei den in diesem Handbuch erstmalig ausführlich beschriebenen »Besuchern« handelt es sich um das Gegenteil der genannten angeblichen Untoten. Nicht die Körper, sondern die Seelen der Toten kehren zurück oder sind nie aus dem Hier und Jetzt verschwunden.

Der Übergang ins Jenseits erfolgt gewöhnlich innerhalb weniger Sekunden nach dem körperlichen Tod des Menschen. Wenn dieser Vorgang gestört wird oder wichtige Gründe für einen Verbleib der Seele im Diesseits vorliegen, harrt diese Seele in den meisten Fällen dort aus, wo der Tod den Menschen ereilte.

Es gibt jedoch eine Vielzahl von Ausnahmefällen (siehe Kapitel 4, Abschnitt »Wandernde Seelen«). Um den Kontakt zu hinterbliebenen Verwandten und Freunden aufzunehmen, bedienen sich die Besucher häufig ihrer alten körperlichen Gestalt im Zustand zum Zeitpunkt des Todes. Es sind jedoch auch andere Formen möglich (siehe Kapitel 5 »Poltergeister«).

Im Allgemeinen geben sich die Geistwesen nur engen Verwandten oder Freunden zu erkennen. Lebende, die über besondere Fähigkeiten zur Erkennung von Besuchern verfügen, auch »Kontakter« genannt (siehe letztes Kapitel »Ausblicke«), tauchen erst seit Kurzem in der neuesten Forschung auf und sind noch nicht Gegenstand der Ausführungen in diesem Handbuch. Auch die sogenannte Schmetterlings-Theorie …

»Bobby, Schätzchen! Es gibt keine Geister und in diesem Haus schon gar nicht«, hörte ich im Flur die Stimme meiner Mutter. »Und von einem Messergeist habe ich noch nie gehört.«

Das Buch musste weg. So schnell wie möglich. Schritte näherten sich.

»Melli?!«, rief Mama.

Ich flitzte hinüber zu dem roten Armsessel, warf das Buch hinter die hohe Rückenlehne, schnappte mir den nächstbesten Bildband und flitzte zur entgegengesetzten Ecke der Bibliothek. Dort lehnte ich mich an ein Regal und tat so, als blätterte ich die Seiten durch.

»Melli, hast du deinen Bruder mit einem Messergeist erschreckt?«, fragte Mama. Sie stand in der Tür der Bibliothek.

Bobby klammerte sich an ihr Bein und versteckte sein Gesicht hinter ihrem Rücken.

Mit dem unschuldigsten Blick, den ich hinbekam, schüttelte ich den Kopf.

»Hat sie doch«, nuschelte Bobby hinter Mamas Rücken hervor.

»Melli?«

Es hatte keinen Zweck. Mama glaubte mir nicht.

»Ich wollte ihn nicht erschrecken. Die Seite in dem Buch war zufällig aufgeschlagen.« Das stimmte irgendwie, ganz und gar gelogen war es nicht.

»Aha, und du hast ganz zufällig gesagt … Bobby, was hat sie gesagt?«

Bobby kam hinter ihrem Rücken hervor. »Dann besucht mich heute Abend der Messergeist.«

»Petze«, murrte ich, aber so leise, dass Mama es nicht hörte.

»Welches Buch?«, fragte Mama.

Jetzt wurde es eng. Wenn das Buch Mama in die Hände fiel, war es weg, futschikato, verschwindibutzki.

»Irgendeins, ich habe es wieder irgendwo da drüben ins Regal gelegt.«

»Melli Bower, du kannst deinen kleinen Bruder an der Nase herumführen und bestimmt auch deinen Vater, aber nicht deine Mutter. Rück dieses Buch heraus. Wo ist es?«

Mir blieb nichts anderes übrig. Wenn ich nicht einen gewaltigen Riesenärger haben wollte, musste ich es ihr geben. Sonst würde sie mich auf meinem Zimmer schmoren lassen, bis ich nachgab. In solchen Dingen war ihr Kopf noch härter als meiner. Die Villa hätte auf der Stelle umkippen müssen, dann hätte sie nachgegeben. Vielleicht.

Eine klitzekleine Chance blieb mir noch. Ein Teil des Buches interessierte mich besonders, wenigstens den musste ich retten.

Wenn ich schnell genug war, konnte ich unbemerkt die Seiten herausreißen.

»Da, hinter dem Sessel.« Ich wartete nicht, bis Mama sich in Bewegung setzte, um es zu holen. Stattdessen sauste ich hinüber, warf mich auf den Boden und kroch selbst hinter den Stuhl. »Ich hab es gleich«, rief ich und: »Oh, ist das staubig hier!« In der Ecke hatte sich der Staub tatsächlich seit einiger Zeit gesammelt, aber der heftige Niesanfall, den ich darbot, war gespielt.

Blitzschnell trennte ich die Seiten des Kapitels *Ausblicke* heraus, während ein »Hatschi!« nach dem anderen fast den Raum erschütterte. Danach kroch ich mit Staub und Wollmäusen in den Haaren wieder hervor, guckte im richtigen Maß schuldbewusst und überreichte Mama das Buch.

Mama schaute es sich an und erinnerte sich daran, dass sie es Bobbyboy schon einmal weggenommen hatte.

»Spukgestalten, so ein Firlefanz«, murmelte sie beim Blick auf den Titel. Sie klemmte es sich unter den Arm und scheuchte Bobby und mich aus der Bibliothek. »Schluss damit, es gibt gleich Abendbrot.«

»Ich habe noch etwas vergessen«, sagte ich und versuchte, meiner Mutter zu entwischen, aber der Versuch misslang.

»Morgen ist auch noch ein Tag«, sagte Mama. »Und übermorgen und überübermorgen.«

NATÜRLICH WARTETE ICH NICHT bis übermorgen, nicht einmal bis zum nächsten Tag. Sobald es nach dem Abendbrot im Haus ruhig geworden war, machte ich mich auf den Weg. Von Papa drohte mir keine Gefahr, dem brummte immer noch der Schädel von seinem Unfall. Von Bobbyboy ebenso wenig. Mein kleiner Bruder beteuerte zwar, dass er wegen des Messergeistes keine Sekunde Schlaf finden würde, schlief dann aber nach ein paar Augenblicken tief und fest.

Nur auf meine Mutter musste ich ein bisschen achtgeben, wenn ich nicht von ihr erwischt werden wollte. Doch auch sie war von den Anstrengungen der letzten Tage so müde, dass sie nach wenigen Minuten in ihrer Kammer die Kerze löschte. Strom sollte es erst in zwei Tagen geben, vorausgesetzt, unsere Überweisung zum Ausgleich der Schulden beim Elektrizitätswerk würde rechtzeitig dort eintreffen.

Für meinen Plan brauchte ich kein elektrisches Licht, eine Kerze reichte völlig aus.

Ich schlich mich in die Bibliothek. Die aus dem Buch gerissenen Blätter lagen noch unter dem Armsessel. Ich faltete sie und verstaute sie in der Hosentasche. Dann machte ich mich auf den Weg in den Blauen Salon meiner Urgroßschwiegercousine, wo ich in aller Ruhe nachlesen würde, was es mit diesen »Kontaktern« auf sich hatte, zu denen ich zu gehören schien.

Meine Entschlossenheit bekam schnell einen Knacks.

Schon auf der Treppe hinauf ins erste Stockwerk fühlte ich die Kälte. Auch das Wehen, der Luftzug, den ich in der ersten Nacht hier verspürt hatte, war wieder da. Trotzdem ging ich ohne links und rechts zu schauen weiter. Meine Schritte wurden erst langsamer, als ich in den Flur trat, der zu Emilies Zimmer führte.

Wieder stand die Tür offen.

Wieder fiel der flackernde Schein von Feuer in den Gang.

Und wieder siegte meine Neugier über das Unbehagen, das sich leise meldete.

»Komm nur herein«, forderte mich eine eindeutig männliche Stimme, die aus dem Blauen Salon kam, auf. »Es wird dir nichts geschehen.«

Ich zuckte zusammen. Bisher war mir nur das seltsame, aber anscheinend harmlose Geistermädchen begegnet. Wer war jetzt in Emilies Lieblingszimmer? Wenn eine unbekannte

Männerstimme sagte: »Es wird dir nichts geschehen«, konnte man ziemlich sicher davon ausgehen, dass es eine Lüge war.

Meine Freundin Cindy hatte sich immer darüber aufgeregt, dass in Gruselfilmen die dusseligen Mädchen grundsätzlich die verbotene Tür am Ende eines verbotenen Gangs öffneten, obwohl alle ihnen davon abrieten und vor ihnen schon drei oder fünf andere dusselige Mädchen nie wieder aus dieser verbotenen Kammer zurückgekehrt waren.

Ich war kein dusseliges Mädchen. Leise drehte ich mich auf meiner nackten Ferse um.

Bei dieser Bewegung spürte ich es.

Unendlich lange dauerte es, bis ich die komplette Drehung vollzogen hatte. Eine Zeitlupe, wie ich sie aus Filmen und Serien im Fernsehen kannte, war gar nichts dagegen. Den zweiten Fuß anzuheben und nach vorne zu setzen, dauerte noch viel länger, und mit jeder Anstrengung, jedem Zucken meiner Muskeln verlangsamten sich meine Bewegungen mehr.

Mein Gehirn hatte blitzschnell den Befehl gegeben: *Lauf weg!* Aber nun wurden auch meine Gedanken langsamer.

Meine Augenlider konnte ich nur mit zähester Langsamkeit auf und nieder schlagen, was mein Blickfeld empfindlich einschränkte.

Nur die Worte aus dem Zimmer drangen im normalen Tempo in meinen Gehörgang. Der Mann lachte.

»Hat es dir dieser kleine Bengel nicht erklärt, dieser Hotte? Er weiß mehr, als du ihm glauben würdest. Was können wir mit der Zeit machen?«

Jedes Wort von Hotte hatte ich noch im Gedächtnis: »Naturgesetze. Raum- und Zeitanomalien. Zeitzähe.«

Ich merkte gar nicht, dass ich diese Begriffe laut ausgesprochen hatte. Wie dickflüssiger Tapetenkleister tropften sie über meine Lippen.

»Ganz genau, du würdest nicht einmal bis zu deinem achtzehnten Geburtstag im Erdgeschoss ankommen«, verhöhnte mich die Stimme. »Also, sei ein schlaues Mädchen und komm herein. Deine verstorbene Vorgängerin wäre nicht so feige gewesen.«

Feige durfte mich nun wirklich niemand nennen. Ich drehte mich um. Plötzlich bewegte ich mich in ganz normalem Tempo nach vorne in die Richtung des Zimmers. An der Schwelle zögerte ich noch einmal. Aber ich wollte mich diesem eingebildeten und unverschämten Kerl stellen.

Er stand am Kamin, in dem wieder ein Feuer brannte. Mit einem Holzspan zündete er sich eine lange schwarze Zigarette an, saugte den Rauch tief ein und blickte auf das Gemälde über dem Kaminsims. Nach ein paar kurzen Augenblicken seufzte er und stieß den Rauch aus.

Meine Augen weiteten sich, als ich sah, dass der Rauch nicht aus seinem Mund oder seiner Nase drang, sondern aus den Ohren. Das alleine war es jedoch nicht, was mein Erstaunen auslöste: Es hörte überhaupt nicht mehr auf. Der Rauch strömte und strömte und eine Nebelwolke breitete sich im Raum aus. Der Dunst roch süßlich und doch beißend, sodass ich husten musste.

»Oh, ich sollte das Rauchen aufgeben. Es ist wirklich nicht gut für die …« Er machte eine Pause, die er mit einem albernen Kichern füllte. »Für die Ohren«, vollendete er den Satz.

Das Kichern erstarb abrupt.

Was nun passierte, war wohl nichts anderes als galoppierende Zeit – das redete ich mir jedenfalls ein.

Von einem Wimpernschlag auf den nächsten stand er direkt vor mir, kein halber Meter trennte uns voneinander, als hätte jemand mit dem Finger geschnipst und ihn vom Kamin zur Tür versetzt. Ein Schrei entfuhr mir, über den ich mich im selben Moment ärgerte. Auf keinen Fall wollte ich ihm zeigen, dass mir das Herz immer tiefer in die Hose rutschte.

Erst jetzt konnte ich mir den Mann oder Geist oder was dieser Typ auch immer war genauer anschauen.

Er erinnerte mich in seinem pechschwarzen Frack an den Magier einer Zaubershow, die meine Familie und ich einmal in Las Vegas besucht hatten. Groß, elegant, schwarze, von Gel schimmernde Haare, ein hageres Gesicht mit schmalen, tiefroten Lippen. Sein rechtes Auge funkelte grün, das andere wurde von einer schwarzen Augenklappe bedeckt.

Bevor ich ein Wort von mir geben konnte, hatte er mich an den Schultern gepackt. Er schob mich durch das Zimmer bis zum Sofa, drückte mich hinein und saß beim nächsten Herzschlag auch schon in dem Sessel daneben.

»Wir müssen miteinander reden«, sagte er mit weicher, fast schmeichelnder Stimme.

Na toll – anscheinend konnte in diesem Haus jeder wie er wollte ein und aus gehen. In diesem Moment wünschte ich mir sehnlichst, dass Hotte sich zufällig auch in dieser Nacht zu einem überraschenden Besuch entschlossen hatte. Die Chance war allerdings gering. Nun, da wir uns kennengelernt hatten, würde er wahrscheinlich einfach tagsüber vor der Tür stehen.

»Erwarte nicht, dass dir jemand hilft«, sagte der Mann, als hätte er meine Gedanken gelesen. »Alle im Haus befinden sich fest in Morpheus' Armen. Die süßesten Träume haben sie entführt. Du kennst Morpheus?«

Nein, ich kannte ihn nicht und ich wollte ihn auch nicht kennenlernen. Und dieser Kerl ging mir mit seinem Geschwätz auf die Nerven.

»Wer sind Sie und was wollen Sie von uns?«, blaffte ich.

»Ui, wer wird denn so unfreundlich sein?« Er lächelte. »Nenn mich, wie du willst. Herr Meier oder Herr Schmidt, such dir einen Namen aus. Von *euch* will ich gar nichts, jedenfalls nicht von deinen Eltern oder von deinem Bruder, dieser kleinen Nervensäge. Von dir schon eher.«

»Wir haben kein Geld, pleite sind wir, sagt meine Mama, weil Papa ein Haus an einem See …«

»Dein Papa und deine Mama und irgendein See sind mir egal«, unterbrach er mich. »Außerdem stimmt das nicht. Du hast mehr Geld, als du denkst. Viel mehr. Deine liebenswerte Verwandte Emilie hat das Vermögen in den letzten Jahren nicht mehr so recht vermehren können, aber sie war sparsam. Ihre Vorgängerinnen hingegen haben eine hübsche Menge Zaster angehäuft.«

Langsam wuchs ein beunruhigender Gedanke in mir: Der Typ war wirr im Kopf, und Typen, die wirr im Kopf waren, konnten eine Menge Unheil anrichten.

»Das ist doch Quatsch«, sagte ich. »Haben Sie sich mal umgeschaut? Nicht einmal Strom haben wir. Außerdem hat Emilie Bauerfeind in jedem Laden im Dorf anschreiben lassen.«

»Ich sagte doch: Sie war sparsam.« Plötzlich wurde sein Tonfall klirrend kalt. »Und jetzt reden wir nicht mehr um den heißen Brei herum. Irgendwo in diesem Haus hat sie die ganze Kohle versteckt. Allein das reine Gold der Münzen ist ein Vermögen wert, nicht zu reden vom Sammlerwert all der alten Dukaten und Dublonen. Du solltest dich auf die Suche danach machen und mir dann den Rest überlassen. Ich bin so etwas wie ein Experte in Sachen Geisterjagd und Golddublonen.«

Darauf hatte er es also abgesehen. Ich musste die Information erst einmal verarbeiten. Darum ging es also, um einen Goldschatz. Hatte nicht der schmierige Rechtsanwalt Wiesendübel gesagt, dass er das Haus gerne übernehmen und ein paar neue Eigentumswohnungen auf das Grundstück setzen wollte? Natürlich erst nachdem er sich das Gold unter den Nagel gerissen haben würde. Und vielleicht suchte auch Hotte hier nachts heimlich nach etwas ganz anderem als nach Geistern und Gespenstern? Seine Familie war seit Ewigkeiten verarmt, das hatte er doch gesagt.

»Du kannst diesen Schatz gerne für dich behalten«, sagte Herr Meier oder Herr Schmidt.

Mir fiel auf, dass der nächtliche Besucher mit jedem Wort, das wir wechselten, unruhiger wurde.

»Die Zeit drängt, liebes Kind«, schmeichelte er wieder sehr freundlich, aber ich sah, wie seine Finger nervös an den weißen Manschetten seines Hemdes nestelten. »Du wirst die Nachfolge von Emilie Bauerfeind übernehmen, es bleibt dir gar nichts anderes übrig, sonst folgen dir diese Biester, wo du gehst und stehst. Das ist nicht schön, das kann ich dir sagen. Ich habe schon Pförtnerinnen erlebt, die darüber verrückt geworden sind. Und die waren älter und abgebrühter als du. Du trägst das Ding bei dir, ich spüre es doch. In einer hübschen Schatulle? Oder ist es eine Brosche? Eine Brosche, ja? Wohinein hat sie es gesteckt?«

Unwillkürlich fuhr meine Hand zu der Kette mit dem Schmetterlings-Schlüssel.

»Ah«, sagte Herr Meier oder Herr Schmidt mit einem breiten bösen Grinsen. »Ein nettes goldenes Kettchen? Also doch. Nun, dann werden wir uns einig.«

Blitzschnell bewegte er sich wieder zum Kamin. *Wie macht er das bloß?*, fragte ich mich, während schon die nächste Überraschung auf mich wartete: Er stand zwar wie zu Beginn lässig und elegant an den Kaminsims gelehnt, aber eigentlich war »stehen« das falsche Wort: Er schwebte. Ungefähr ab den Knien fehlten seine Beine. Weil ich ihn anstarrte, wanderte sein Blick nach unten.

»Verdammt«, zischte er. »Dann kommen wir schnell zur Sache:

Du lieferst mir dieses italienische Mädchen aus. Ich weiß, dass sie hier ist, aber das Biest versteckt sich so gut wie niemand zuvor. Du lässt sie nicht hinüber. Hast du mich verstanden? Wenn doch, mache ich dir und deiner Mama und deinem Papa und ganz besonders dem kleinen Schisser, deinem Brüderchen, das Leben zur Hölle.«

Vor meinen Augen löste der nächtliche Besucher sich komplett auf. Das Feuer im Kamin erlosch.

Ein Gegner, der alles auf eine Karte setzt

Aurora hatte es gespürt. Niemals hätte sie damit gerechnet, aber der Einäugige hatte es tatsächlich gewagt. Er war ins Haus eingedrungen, hatte sich in die Nähe der Pforte begeben, obwohl das für ihn so gefährlich war. Er konnte hineingesaugt werden, und das war das Letzte, was sich ein Einäugiger wünschte.

Nun durfte Aurora sich auf keinen Fall mehr zeigen, ohne sicher zu wissen, dass Melli ihr half. Solange sie unsichtbar blieb und ihre Gefühle im Zaum hielt, hatte sie eine Chance. Kein noch so kleines Lebenszeichen durfte sie von sich geben.

Aurora musste lächeln, fing aber das damit verbundene Gefühl sofort wieder ein. Allein das Lächeln eines Wesens, wie sie es war, konnte ungeahnte Dinge in Bewegung setzen. Empfängliche Menschen in der unmittelbaren Nähe eines Geistes, der lächelte, überkamen warme Momente des Glücks. Leider lächelten Geister so gut wie nie. In ihrem Dasein gab es sehr selten etwas, über das man sich freuen konnte.

»Lebenszeichen«, über diesem Wort war Aurora das Lächeln entschlüpft.

Von Leben konnte bei ihr nun wirklich nicht mehr die Rede sein, obwohl sie sich schon lange fragte, was »leben« eigentlich bedeutete. War nicht auch sie ein Wesen, dem alle Rechte zustanden wie Leuten aus Fleisch und Blut? Nur das fehlte ihr: Fleisch, Blut, Knochen, ein paar Sehnen, die alles zusammenhielten. Machte das allein einen lebendigen Menschen aus? Oder waren es ihre Seele und ihr Geist?

Beides, Auroras Geist und ihre Seele, war ohne Zweifel noch vorhanden und seit Jahrhunderten keine Sekunde gealtert. Aurora bemühte sich, nicht weiter darüber nachzudenken. Wenn das Lebenslicht eines Menschen ausgehaucht war, hieß es Abschied nehmen, hinübergehen, das Diesseits verlassen. Wer das nicht sofort schaffte, hatte eine Menge Leid und Unheil zu ertragen, das wusste Aurora nach all den einsamen Jahren.

Der Einäugige war das Risiko eingegangen, sich in die Nähe der Pforte zu begeben, also war er gezwungen zu handeln. Anders konnte Aurora es sich nicht erklären. Vielleicht lief seine Zeit ab. Vielleicht brauchte er dringend all die Jahre, die er zur Belohnung bekäme, wenn er Aurora schnappte. Wenn ein Einäugiger so weit ging, musste er selbst in Gefahr sein. Und er hatte mit Melli gesprochen, er hatte ihr sogar ein Angebot gemacht.

Aurora hatte auf ihren Reisen davon gehört, dass hier und da eine Pförtnerin weich geworden war, den Verlockungen und

Versprechungen eines Einäugigen nachgegeben und Geschäfte mit ihm gemacht hatte, ohne zu wissen, auf was sie sich einließ. Wer diesen Pakt geschlossen hatte, würde dem Einäugigen niemals entkommen, und den Vorteil zog aus diesen Geschäften immer nur einer: der Einäugige.

Eine Pforte, die es gar nicht gibt

Ich erwachte mit etwas Schwerem auf dem Bauch. Es war nicht nur schwer, es pulte auch an meinem rechten Auge herum und versuchte, das Lid nach oben zu ziehen.

»Vielleicht ist sie mausetot«, sagte es.

Ich wusste nun, wer es war.

»Bobbyboy, geh runter«, knurrte ich. Die Augen konnte ich nur mit Mühe öffnen. Als es mir endlich gelang, schloss ich sie sofort wieder. Der geringste Lichtstrahl verursachte einen stechenden Schmerz, der mir durch den Kopf in den Nacken und von dort in den ganzen Körper fuhr.

»Bobbyboy, hör auf damit«, schimpfte nun auch meine Mutter, worauf mein Bruder sich ans Fußende des Bettes setzte.

Beim zweiten Versuch schaffte ich es, die Augen ein wenig offen zu halten. Mama stand mit einer Schüssel in der Hand und einem Handtuch über dem Arm in der Tür. Sie stellte die Schüssel auf den Stuhl neben meinem Bett und setzte sich zu mir auf die Bettkante.

»Kind, was machst du bloß für Sachen«, seufzte sie. Sie wischte mir mit einem Waschlappen über die Stirn.

»Was denn für Sachen?«, fragte ich.

Es stellte sich heraus, dass Mama mich vor drei Tagen morgens im Blauen Salon gefunden hatte, kalt wie ein Eisklotz sei ich gewesen und gleichzeitig hätte ich hohes Fieber gehabt. Seitdem hatte ich im Bett gelegen, geschwitzt und gefroren und mich in Fieberträumen gewälzt.

Ich brauchte eine ganze Weile und einen Teller von Mamas selbst gekochter Hühnerbrühe, bis ich mich daran erinnerte, was passiert war. Allerdings endete meine Erinnerung genau in dem Augenblick, als der Mann mit der Augenklappe sich in Luft aufgelöst hatte. Meier oder Schmidt könne ich ihn nennen, auch das kam mir wieder in den Sinn, aber das war Unsinn. So hieß er ganz bestimmt nicht.

»Wenn es so weitergeht, können wir hier ein Krankenhaus eröffnen«, scherzte Mama. »Immerhin geht es deinem Vater besser. Die Kopfschmerzen sind weg und er humpelt kaum noch. Krankenbesuche für dich gab es auch, die habe ich aber abgewimmelt. Deine neue Freundin war hier.«

»Meine neue … wer?«, fragte ich.

Mama lachte. »Du hättest mir ruhig sagen können, dass es ein netter junger Mann ist, den du kennengelernt hast. Und dazu noch ein Graf.« Sie zwinkerte verschwörerisch.

Ich fühlte mich schwach, und auch im Kopf ging noch nicht alles seinen gewohnten Gang, aber langsam begriff ich, wen sie meinte.

»Ach, du meinst Hotte«, brachte ich endlich hervor. »Er ist Freiherr.«

»Und verarmt, ich weiß. Da passt er gut zu uns.« Sie lachte, aber ich sah ihr an, dass es ein wenig Anstrengung kostete, dieses Lachen zustande zu bringen. »Kindchen«, seufzte sie, »ich bin so froh, dass es dir besser geht. Das war die heftigste Grippe, die ich je erlebt habe; gut, dass sich niemand angesteckt hat.« »Kindchen« wagte sie mich nur zu nennen, wenn sie sich wirklich Sorgen machte.

Es hat auch bisher niemand aus unserer Familie Besuch eines Herrn namens Meier oder Schmidt gehabt, der anschließend von den Beinen aufwärts ins Nichts verschwindet, dachte ich. Ich hielt aber schön den Mund und seufzte elend. Das war gar nicht schwer, denn mir war elend zumute.

»Pass auf, in ein paar Tagen bist du wieder auf den Beinen«, munterte Mama mich auf. »Kannst du denn heute schon Besuch empfangen? Der Junge war jeden Tag hier und klingelt heute bestimmt noch mal.«

Ich nickte, aber mir fielen ein paar Minuten später die Augen zu. Von ferne hörte ich, wie Mama meinen Bruder aus der Kammer scheuchte. Erst am nächsten Tag konnte ich aufstehen und die ersten Schritte durchs Haus machen.

Die alte Villa war kaum wiederzuerkennen. Unsere Kisten und Kartons waren angekommen, sie standen überall herum, dazwischen lagen Seidenpapier und Kunststoffkügelchen, mit denen Mama die zerbrechlichen Sachen geschützt hatte. Überall stolperte man über Gegenstände, die noch keinen endgültigen Platz gefunden hatten. Bobbyboy wuselte zwischen allem umher und sorgte für noch mehr Chaos. Ein wichtiges Teil seiner elektrischen Autorennbahn fehlte und er suchte verbissen danach.

Mama stand in der Küche auf einer Trittleiter und räumte

verzierte Goldteller in den Schrank, die kein anderer als Hotte ihr anreichte.

»Jetzt die mit den rosa Blümchen drauf. – Unsere Patientin!«, rief sie bei meinem Anblick erfreut und gleichzeitig ein wenig vorwurfsvoll.

Hotte machte eine uneingeschränkt frohe Miene.

Mama zwinkerte ihm zu. »Ich glaube, du hast dir eine Pause verdient. Setzt euch doch in die Bibliothek. Und eine Limonade sollte auch drin sein, ja? Oder lieber Kakao und Schokoladencookies mit Nüssen?«

Limonade? Voller Zucker? Der Erzfeind jedes Kindes, jedenfalls nach Mamas Meinung. Sie war im *Das-wäre-doch-gelacht!?*-Modus, dann war alles möglich.

»Das wäre doch gelacht, wenn wir nicht eine Stärkung für euch fänden, oder?« Na bitte. Ich nickte und lächelte.

»Limonade wäre super«, sagte Hotte.

»Du hast uns echt einen Schreck eingejagt«, sagte Hotte. Dabei wanderte er an den Regalen der Bibliothek entlang und begutachtete all die alten Schmöker. Er wirkte nicht wirklich so, als habe er sich große Sorgen gemacht, die Bücher interessierten ihn scheinbar mehr als mein Zustand.

Mir war noch flau. Meine Beine fühlten sich an wie Gummi, sodass ich froh war, den Armsessel zu erreichen und mich hinzusetzen.

Er drehte sich plötzlich zu mir und schaute mir in die Augen. »Verdient hast du es allerdings nicht.«

»Na, unterhaltet ihr euch gut?« Mama rauschte mit zwei Gläsern und einer Flasche Orangenlimonade herein. »Bedient euch selbst«, sagte sie und rauschte wieder hinaus, nicht ohne mir ein auffällig unauffälliges Zwinkern zuzuwerfen. Mir war klar: In den nächsten paar Jahren würde auch nur die

Erwähnung eines Jungen ein solches Zeichen der weiblichen Verschwörung von ihr erzeugen, und sie würde einen neuen Standardsatz in ihren Wortschatz aufnehmen, so etwas in der Art: »Das ist jetzt dieses Alter, ihr wisst schon.«

Zwinker, zwinker verschwand sie wieder, ließ die Tür aber sperrangelweit offen.

»Was habe ich nicht verdient?«, fragte ich.

»Dass man sich Sorgen um dich macht.«

Um ehrlich zu sein, will ich gar nicht, dass man sich Sorgen um mich macht. Leute, die sich Sorgen um einen machen, können ziemlich nervig werden, wie ich auch jetzt an Hottes beleidigtem Tonfall erkennen konnte.

»Wieso das denn nicht?«, fragte ich trotzdem.

»Du wusstest genau, wie scharf ich auf das Buch bin, und hast keinen Ton darüber verloren.«

»Welches Buch?«

»Das Handbuch der Spukerscheinungen von 1849 in der vollständig überarbeiteten …«

»Woher weißt du von dem Buch?«

»Von deiner Mutter natürlich, sie hat es mir sogar gegeben.«

Ich starrte ihn ein paar Augenblicke verständnislos an. Mir hatte sie es weggenommen und ihm hatte sie es gegeben?

»Wir hatten viel Zeit beim Ausräumen der Kartons. Deine Mutter war sehr an meinen Forschungen interessiert. ›Ein lustiges Hobby‹, so hat sie es bezeichnet.«

Ich konnte mir genau vorstellen, in welchem Tonfall sie das gesagt hatte. Mama glaubte an gar nichts, das man nicht mit Händen fassen oder mit irgendwelchen Geräten messen konnte.

»Hast du ihr das Ektofokular gezeigt?«

Hotte schüttelte den Kopf.

»Die Bildplatte?«

Wieder Kopfschütteln. »Und auch nicht das Gerät.«

»Das ist auch besser so«, schlüpfte es mir erleichtert über die Lippen. Nach meinem Erlebnis mit Herrn Meier oder Herrn Schmidt war es besser, wenn wir meine Mutter vorerst nicht weiter mit der Nase auf die Dinge stießen, die in unserer Villa vorgingen.

»Sie hat mir das Buch sogar überlassen. Ich glaube, sie war froh, dass es aus dem Haus verschwindet.« Er grinste, verschwand selbst für zwei Minuten und kam mit seinem Rucksack zurück. Noch breiter grinsend zog er das Buch hervor. »Übrigens, sehr interessant, oder? Unsere Vorfahren haben bereits zusammengearbeitet. Wenn das mal kein Wink des Schicksals ist. Leider hat jemand den letzten Teil herausgerissen, total bescheuert. Welcher Idiot tut so etwas?«

Ohne ein Wort zu sagen, zog ich die zusammengefalteten Seiten aus der Hosentasche hervor.

»Ich hätte es mir denken können.« Hotte seufzte.

»Ich wollte wissen, was es mit diesen Kontaktern auf sich hat.«

»Aber dafür musst du doch nicht das Buch zerstören!«

»Es gab Ärger mit meinem kleinen Bruder und dann mit Mama, und ich musste schnell sein, wenn ich an die Informationen kommen wollte. Und dann war da dieser Mann.«

»Mann?«

»Herr Meier oder Herr Schmidt. Er war hier im Haus, in der Nacht bevor ich … krank wurde.« Mir war mittlerweile klar, dass ich keineswegs krank geworden war, wie man normalerweise krank wurde, dass es mit Sicherheit keine Grippe aus heiterem Himmel gewesen war. Ich erzählte Hotte, was passiert war. Er hörte zu, ohne mich zu unterbrechen oder eine Zwischenfrage zu stellen.

»Und dann bin ich in meinem Bett aufgewacht, mit dem Gefühl, als hätte ich gleich zehnmal Grippe gehabt.«

»Das war alles?«, fragte Hotte am Ende. Er gab sich große Mühe, ganz cool zu wirken, aber ich sah, wie seine Unterlippe bei den vier Silben dieser Frage bebte.

»Nun sag schon was«, drängte ich ihn.

»Er hat *Pförtnerin* gesagt, da bist du dir ganz sicher?«

»Ja.«

»Und was meinte er mit der Brosche oder dem Kästchen?«

»Das hier.« Ich nahm das Kettchen vom Hals, um es Hotte zu zeigen. Der kleine Schlüssel daran schimmerte in meiner Hand. Hotte berührte ihn vorsichtig, so als hätte er Angst, es könnte etwas passieren, ein Stromschlag, irgendetwas Unvorhergesehenes.

»Ein Schlüssel. Sieht aus wie ein Schmetterling«, murmelte er. »Ziemlich klein. Könnte zu einer Schmuckschatulle passen oder zu einem Tagebuch. Hast du eine Ahnung, zu welchem Schloss er gehört?«

»Ich dachte, es sei einfach ein Schmuckstück. Die Verzierungen, die kleinen Glitzersteine, etwas altmodisch, aber ganz hübsch, oder?«

»Meinst du das ist buntes Glas?«

»Was denn sonst?«

»Wenn der Schlüssel aus Gold ist, könnten es Edelsteine sein.«

Daran hatte ich noch nicht gedacht. Im ganzen Haus von Emilie Bauerfeind hatte sich nichts gefunden, das auch nur ein paar Cent wert war.

»Und wenn es tatsächlich in diesem Haus eine Pforte gibt und deine Verwandte die Pförtnerin war, dann ist dieser Schlüssel doppelt und dreifach wertvoll«, sagte Hotte.

»Was für eine Pforte? Das Haus hat unzählige Zimmer und Türen und Durchgänge.«

»Es ist wahrscheinlich keine Tür, das wäre zu einfach. Das Jenseits erreicht man nicht durch eine Tür.«

Mir steckte die Krankheit – oder was auch immer mich für Tage und Nächte mit Fieber ins Bett verbannt hatte – noch in den Knochen. Vielleicht verstand ich deshalb nicht sofort, was Hotte gesagt hatte. Nur langsam drang das Wort, das er benutzt hatte, zu mir durch.

»Jenseits?«, fragte ich ihn leise. »Pforte zum Jenseits?«

Hotte nickte. Grübelnd ging er auf und ab. »Das Mädchen auf der ektoplasmatischen Bildtafel, das sich dir gezeigt hat. Sie gehört gar nicht hierher. Sie ist vielleicht von weither nach Kohlfincken gekommen, weil es hier eine Pforte in die andere Welt gibt. In die Welt der …«

»Der Toten?«

»Ja. Die sogenannte Schmetterlings-Theorie oder wie viele meiner Kollegen auch heute noch sagen: die Schmetterlings-Lüge.«

»Davon hat auch dein Urgroßvater in dem Buch geschrieben.« Ich deutete auf die herausgerissenen Seiten.

»Das sagst du mir erst jetzt?« Aufgeregt blätterte Hotte in den losen Seiten herum. »Was schreibt er dazu?«

»Ich bin noch nicht dazu gekommen, es zu lesen«, sagte ich.

Hotte schaute mich ungläubig an. Er konnte sich kaum vorstellen, dass jemand auch nur eine Zeile über dieses Thema länger als ein paar Augenblicke ungelesen in den Händen halten konnte.

»Her mit den Seiten«, befahl er.

Ich zögerte.

»Nun mach schon, das Buch gehört doch sowieso mir.«

»Warum das?«

»Deine Mutter hat es mir geschenkt.«

Darüber würden wir noch reden müssen, aber nicht in diesem Moment. Ich reichte ihm die Seiten und befahl meinerseits: »Lies vor.«

»*Achtes Kapitel: Ausblicke*«, begann Hotte. »*Die jüngere Forschung widmet sich speziell der Untersuchung von Personen und Orten, die in einem sehr besonderen Kontakt zur Geisterwelt stehen oder über die Fähigkeit verfügen, mit Besuchern zu kommunizieren. Wie bereits in Kapitel 1 und 4 ausgeführt, erfolgt die Kontaktaufnahme von Besuchern aus dem Jenseits oder verlorener Seelen fast ausschließlich auf Betreiben der Geistwesen, nicht der lebenden Menschen. Die seit Jahren zunehmende Praxis, in einer spiritistischen Sitzung, einer sogenannten Séance, mit den Seelen Verstorbener zu sprechen, konnte noch nie mit wissenschaftlichen Mitteln als seriöse Methode bewiesen werden. Die Personen, die sich selbst als Medium ausgeben, wurden bisher immer als Scharlatane und Betrüger entlarvt.*

Hingegen gibt es mindestens drei ausführlich dokumentierte und mittels ektoplasmatischer Aufnahmeverfahren nachgewiesene Kontakte von Menschen zu Besuchern, die zu Lebzeiten nichts miteinander zu tun gehabt und nicht zum engeren Verwandten- oder Freundeskreis der Verstorbenen gehört hatten.

Die Besucher scheinen sich zu diesen Menschen hingezogen zu fühlen, allerdings können sie auch zu diesen der Einfachheit halber als ›Kontakter‹ bezeichneten Personen nicht einfach sprechen. Im Allgemeinen machen Besucher mittels der üblichen Techniken wie Seufzen und Heulen, Poltern und Flüstern auf sich aufmerksam oder sie zeigen sich unter Aufbringung aller Kräfte kurzzeitig in ihrer menschlichen Form.«

»Das Mädchen«, unterbrach ich Hotte. »Genau so hat sie es gemacht. Es wurde kalt im Raum …«

»Ein typisches Zeichen«, bestätigte Hotte.

»Es war ein Sausen und Brausen zu hören, wie ein Wind, der um die Ecken zischt, und manchmal wurden Worte daraus.«

»Lass mich weiterlesen: *Erst nach einer dreimaligen Aufforderung mit den Worten ›Wer bist du? Was willst du? Wie kann ich dir helfen?‹ kann die Kontaktaufnahme erfolgen. Die immer wieder aufkeimenden Gerüchte, dass ein nachträglicher Übertritt ins Jenseits mit der Hilfe von sogenannten Pförtnerinnen möglich sei, verweist der Verfasser ausdrücklich in den Bereich der Märchen und Mythen, die jeglicher Vernunft und Wahrheit entbehren. Zu Recht wird diese Theorie auch die Schmetterlings-Lüge genannt, wenn der Autor auch zugeben muss, dass Schmetterlinge in vielen Kulturen als die auferstandenen Seelen der Toten und Symbol der Unsterblichkeit gesehen werden.*«

Hotte las den kurzen Rest des Kapitels noch zu Ende, aber es kam nichts mehr, das uns weiterhalf. Vor allem fand sich im ganzen Buch nichts von einem Herrn Meier oder Herrn Schmidt mit einer Augenklappe, der zuerst die Beine verlor und dann komplett verschwand.

»Ich habe jede Zeile des Buches in den Tagen, die du das Bett gehütet hast, gelesen. Kein Wort von diesem Typ, was natürlich nicht viel heißen muss.«

»Warum?«, fragte ich.

»Weil er vielleicht nicht zu den bekannten Spukerscheinungen der Zeit gehört, in der das Buch in seiner ersten und zweiten Fassung entstanden ist.«

»Du meinst, vielleicht ist es einfach das falsche Buch?«

Hotte zuckte die Achseln. Er druckste ein wenig herum, dann gab er kleinlaut zu: »Eine Menge Leute forschen in diesem Bereich. Vielleicht ist das Handbuch doch nicht so vollständig, wie ich immer dachte. – Verdammt!«, brach es schließlich aus Hotte hervor. Ärgerlich schlug er mit der flachen Hand auf den Tisch. »Ich habe diese Sache mit den Pförtnerinnen nie weiterverfolgt, weil alle einschlägigen Experten es für Unsinn hielten.«

»Nun beruhige dich«, versuchte ich ihn zu besänftigen.

»In dieser riesigen Bibliothek findet sich kein einziges Buch über das Thema. Das kann doch nicht sein, wenn Emilie Bauerfeind eine Pförtnerin gewesen wäre.«

»Was genau weißt du darüber?«

»Wie gesagt, fast alle Geister oder Spukerscheinungen verschwinden irgendwann, wenn sie ihre Aufgabe erfüllt haben. Ein berühmtes Beispiel ist der Poltergeist in Westingham Manor, dem Stammsitz eines englischen Earls. Es war ein klassischer Poltergeist, den man nie gesehen hat. Es begann damit, dass er im Jahr 1867 ständig mit großem Radau in einem der Schlafzimmer des Herrenzimmers die Möbel hin und her rückte, Vasen zerbrach, das Kaminbesteck durch den Raum warf.

Zuerst dachten alle, ein ehemaliger Bediensteter, den der Earl of Westingham ohne ein Zeugnis entlassen hatte, spiele ihnen einen Streich. Dann wurde das komplette Haus abgesperrt, fast niemand hielt es dort mehr aus. Nur der Hausherr und sein Bruder und ein Pastor. Der Krach ging weiter, aber irgendwann war nur noch ein Pochen und Bollern unter dem Holzfußboden in einem der ebenerdigen Dienstbotenzimmer in einem Anbau, der nicht unterkellert war, zu hören. Der Earl befahl, den Boden aufzureißen, und zum Vorschein kam ein grausiger Fund: die Leiche eines Neugeborenen. Wie sich herausstellte, war es das Baby der Küchenmagd Daisy Blooms. Sie hatte das Kind heimlich zur Welt gebracht, aus Angst, die Herrschaft würde sie mit Schimpf und Schande aus dem Haus jagen.«

»Ganz schön krass«, sagte ich.

»Aber so war das damals. Als das Kind wenige Stunden nach der Geburt starb, wusste sie sich nicht anders zu helfen, als es zu verstecken. Leider überlebte auch Daisy ihr kleines Mädchen nur um wenige Stunden, ein heftiges Wundfieber kostete sie das Leben. Das Poltern verschwand, nachdem das kleine Würmchen ein ordentliches Begräbnis bekommen hatte.«

»Eine schreckliche Geschichte. Da würde ich auch keine Ruhe im Grab finden, wenn ich wüsste, dass mein Baby unter ein paar Holzdielen liegt.«

»Es gibt auch weniger schreckliche Fälle. Vor ein paar Jahren gab es den Fall von Lorena Rosen, einer jungen Frau, deren Mann bei einem Autounfall ums Leben gekommen war. Er hatte sich das Genick gebrochen, war sonst aber ohne jede Verletzung geblieben. Mit einem Lächeln auf den Lippen hatte er auf dem Beifahrersitz gesessen. Lorena hatte sich in die Vorstellung hineingesteigert, dass sie die Schuld am Tod ihres Geliebten trug, weil sie das Auto nicht zur Wartung in die Werkstatt gebracht hatte. Der verstorbene Mann erschien seiner Frau mehrere Male, sagte kein Wort und trug immer ein Werkzeug in der Hand. Alle hielten Lorena Rosen für verrückt, als sie davon erzählte, aber dann stellte sich heraus, dass er selbst die Reparatur ausgeführt und eine Schraube nicht wieder festgezogen hatte. Danach tauchte er nie wieder auf und die Frau machte ihren Frieden mit der Sache. Solche Geister sind fast immer an den Ort des Geschehens oder an die betroffenen Personen gebunden.«

»Aber was hat das mit der angeblichen Pforte zu tun?«

»Es gibt eine nicht kleine Zahl von ungeklärten Fällen, in denen die Seele eines Toten nicht ins Jenseits hinübergehen kann. Dann helfen angeblich diese Pförtnerinnen. Die Seelen müssen sie bezahlen und vor allem müssen sie die Pförtnerin mit ihrer Geschichte überzeugen. Wenn der Geist eines zu Unrecht beschuldigten Mörders nicht ins Jenseits will, muss er beweisen, dass er nicht der Mörder ist. Im schlimmsten Fall kommt er sogar ins Dunkle Jenseits.«

»Das Dunkle Jenseits?«

»Vermutlich so etwas wie die Hölle, ich habe keine Ahnung und ich war auch noch nicht dort.« Hotte lachte ein wenig verzweifelt auf. »Ich Blödmann hielt das für Quatsch mit Soße.«

»Na, hört sich auch ein wenig nach Quatsch mit Soße an.«

»Aber es wäre die Sensation, verstehst du das nicht?! Wenn ich den Beweis erbringen könnte, dass die Schmetterlings-Theorie keine Lüge ist, kein Märchen, kein Quatsch mit Soße.«

Ich hatte mich schon die ganze Zeit gefragt, warum diese Theorie die Schmetterlings-Lüge hieß, was es überhaupt mit den Schmetterlingen auf sich hatte. Hatte meine Urgroßschwiegercousine vierten Grades deshalb eine solche Vorliebe für die Falter? Es gab sie schließlich in diesem Haus in allen Formen und Farben, als Mosaik, aus Glas, in den Vitrinen und …

»Sie sind mir noch woanders begegnet«, murmelte ich.

»Wer?«, fragte Hotte.

»Die Schmetterlinge«, sagte ich. *»Die Schmetterlinge lügen nicht*, das hat Emilie mir in dem Brief, den sie mir hinterlassen hat, geschrieben.«

»Wir müssen das Haus auf den Kopf stellen«, sagte Hotte. »Irgendwo muss es einen Hinweis geben. Wir müssen diesen Kerl finden. Oder das Mädchen. Am besten beide. Und ich brauche meine komplette Ausrüstung.«

Ein Vertrag, der Folgen haben würde

Wie verabredet stand Hotte kurz nach Mitternacht auf der Veranda vor der Tür des Gartenzimmers – genau auf dem Mosaik mit den Schmetterlingen. Als er meinem Blick zu Boden folgte und es selbst entdeckte, trat er schnell einen Schritt zur Seite.

Die Schmetterlinge lügen nicht, diese Worte aus Emilies Brief hatten mich den Rest des Tages geradezu verfolgt. Ich war noch einmal in den Blauen Salon geschlichen, obwohl ich mir geschworen hatte, das Zimmer nie wieder alleine zu betreten.

Ich hatte den Brief noch dreimal gelesen, alle Kladden in Emilies Schreibtisch durchgeblättert und die Eintragungen zumindest überflogen. Eine richtige Erklärung für das, was in

Emilies Villa vorging oder was hier vielleicht vorgegangen war, fand ich nicht. Nur eine Vermutung schien sich zu bestätigen. Ich zeigte Hotte ein paar der Auflistungen.

»Wenn Emilie und ihre Vorfahren Pförtnerinnen zum Jenseits gewesen sind, könnten diese Kladden hier so etwas wie …« Ich musste nach dem richtigen Begriff suchen. »… wie ihre Kassenbücher gewesen sein. Schau hier, lauter Namen und dahinter ganz oft eine 1, manchmal auch sonderbare Gegenstände, wie das Modellflugzeug von dieser Lola LaMar oder all die anderen Dinge in Emilies Blauem Salon.«

»Und was bedeutet die 1?«, fragte Hotte.

Ich zuckte die Achseln. »Ein Goldstück? Ich weiß es nicht. Der Mann mit der Augenklappe hat von Zaster, von einem Vermögen, von Golddublonen gesprochen.«

»In den Büchern stehen eine Menge Namen, über all die Jahre verteilt. Wenn es Münzen aus purem Gold waren, kommt da einiges zusammen.«

»Mir ist noch etwas aufgefallen. Ein Name taucht mehrmals auf: Erasmus.«

»Ziemlich altmodischer Name. Ein Verwandter aus einer Nebenlinie der Freiherren zu Mengenfeld hieß Erasmus, der ist aber schon lange tot. Ihm wurde in einer Schlacht der Kopf abgeschlagen.«

Ich musste kichern. »Dann passt er doch hierher. Aber das kann nicht dieser Erasmus sein, denn in ihrem Brief hat sie geschrieben, dass ich Erasmus um Rat fragen kann.«

»Ohne Kopf kann man schlecht quatschen.« Nun grinste auch Hotte, wurde dann aber schnell wieder missmutig. »Das bringt uns alles nicht weiter.«

Da musste ich ihm recht geben. Wir begannen damit, das Haus Zimmer für Zimmer zu durchsuchen.

»Nimm du das Ektofokular, Melli«, sagte Hotte. »Bei starker

Aktivität verlieren die Besucher Ektoplasma, das müsstest du damit eigentlich sehen. Es schimmert grünlich.«

Er stellte in jedem Raum seinen Apparat auf, machte Messungen, überwachte die Aufzeichnungen.

Nachdem ich das Brillenfernglasding auf die Nase gesetzt hatte, musste ich nicht lange suchen. Es gab hier und da Flecken, die ein wenig Ähnlichkeit mit dem Sternenhimmel hatten, den Papa in meinem alten New Yorker Zimmer über mein Bett gezaubert hatte. Im Dunklen leuchteten die Aufkleber.

An manchen Stellen sah es aus, als bildete das Zeug Spinnweben, an anderen, als sei ein Topf Farbe ausgelaufen. Der Blaue Salon schimmerte durch das Gerät betrachtet fast komplett hellgrün.

Und an einem zweiten Ort häuften sich die Spuren auffällig: in der großen Halle mit den Glasvitrinen, ganz besonders an einem der Schaukästen. Es war die Vitrine mit den unzähligen getrockneten Schmetterlingen und Nachtfaltern.

»Die Schmetterlinge lügen nicht«, flüsterte ich. »Glaubst du immer noch, es ist ein Märchen, eine Legende, eine Schmetterlings-*Lüge*?« Ich gab Hotte das Ektofokular.

»Ich nehme ein paar Proben«, sagte er bloß. Das hatte er auch an den anderen Orten getan, an denen wir fündig geworden waren. In seinem Rucksack klapperten schon ein paar alte Marmeladengläser, in die er sie gefüllt hatte. Mit bloßem Auge betrachtet wirkten sie allesamt leer.

»Wenn das frisches Ektoplasma wäre, müsste das Gerät ausschlagen«, fügte er hinzu. Das Gerät hatte leider bisher keinen Mucks von sich gegeben.

Erschöpft setzte ich mich auf die Treppe zu Füßen von Fridolin, dem Bären, an den ich mich mittlerweile gewöhnt hatte.

»Kannst du uns nicht verraten, was hier los ist?« Fridolin antwortete leider nicht. Ich stupste das mottenzerfressene Strubbelfell des Tieres an. Der Bär wackelte, eins seiner Glasaugen fiel heraus und klackerte die Stufen hinab.

»Vielleicht ist das Mädchen schon hinübergegangen«, sagte Hotte und setzte sich neben mich.

»Und wozu braucht man dann eine Pförtnerin, wenn die Geister einfach so hinüberkönnen?«

»Stimmt.« Hottes Ratlosigkeit war deutlich zu hören.

»Wo würdest du dich als Geist verstecken?«, fragte ich ihn. »Braucht der Geist eines Menschen genauso viel Platz wie der menschliche Körper?«

»Woher soll ich das denn wissen?«

»Du bist doch der Experte«, rutschte es mir ein klein wenig vorwurfsvoll heraus.

»Ich konnte noch nie mit jemandem darüber reden«, murrte Hotte. Er war nun spürbar sauer. »Da sollten wir vielleicht diesen Erasmus um Hilfe bitten, von dem deine Tante …«

»Urgroßschwiegercousine vierten Grades«, verbesserte ich ihn. »Und motz mich nicht an. Ich kann auch nichts dafür. Du bist doch so scharf auf Geister und den ganzen Kram.«

Das war zu viel. Hotte hatte sich in seinen Ärger schon ein bisschen hineingesteigert. Wütend sprang er auf und nahm mir das Ektofokular aus den Händen.

»Oh, großer Erasmus, komm uns zu Hilfe«, rief er und begann, seine Ausrüstung in den Rucksack zu stopfen.

»Komm schon«, versuchte ich ihn zu beruhigen. »Es war nicht so gemeint.«

»Das wurde aber auch Zeit«, mischte sich eine etwas dünne, aber feste Stimme ein, deren Inhaber mindestens so genervt zu sein schien wie Hotte.

»Hast du etwas gesagt?«, fragte Hotte.

Ich schüttelte den Kopf. »Es ist kalt hier.« Ich hatte den Satz noch nicht ganz vollendet, als Hottes Apparat zu rattern begann. Die Nadel, die Bewegungen und Erschütterungen aufzeichnete, schlug weit aus. Die Walze für die Tonaufzeichnungen setzte sich in Bewegung.

»Natürlich ist es kalt hier, und das liegt an mir«, sagte die Stimme. »Das immerhin müsstet ihr doch mittlerweile wissen. Gestatten, Erasmus Schöngeist mein Name.«

Hotte und ich drehten uns gleichzeitig um. Hottes Kinnlade klappte auf, meine fiel zu.

»Und nun mach dieses Gerät aus. Wir lassen uns nicht gerne ektografieren.«

Wen der Typ mit »wir« meinte, war mir nicht klar. Vor uns stand ein etwas blasser Herr, der mindestens siebzig oder achtzig Jahre alt war, vielleicht auch ein paar Jahre mehr.

Über dem dicken, runden Bauch des kleinen Mannes spannte eine Weste mit einer schweren Uhrkette, die in einer der Taschen verschwand. Er trug eine Lesebrille vorne auf der kugeligen Nase, überhaupt schien alles an ihm kugelig zu sein. Nur der Gänsekiel, ein altes Schreibwerkzeug, von dem ich schon einmal eine Abbildung in einem Schulbuch gesehen hatte, steckte spitz und lang und an den Federn etwas ausgefranst hinter seinem rechten Ohr. Die Manschetten seines Hemdes wurden von Ärmelschonern geschützt. Plötzlich stolperte er einen Schritt zur Seite.

»Hörst du wohl auf damit«, schnauzte er ins Nichts neben sich. »Du weißt, dass ich es hasse, wenn man mich stupst. Wenn es etwas gibt, das ich hasse, abgrundtief hasse, ist es diese Stupserei. Und Blasorchester, die hasse ich auch. Wir hatten hier mal ein komplettes Blasorchester, sie waren alle bei einem Busunglück auf der Fahrt zu einem Volksfest ums Leben gekommen, nur der Trommler mit der großen Trommel hatte überlebt.«

Wieder knickte der Mann in der Seite ein. »Er hat es wieder getan, er stupst, obwohl ich gerade …«

»WER STUPST?«, riefen Hotte und ich wie aus einem Mund, und weil es so laut durch das nächtliche Haus schallte, schlugen wir beide gleichzeitig die Hand vor den Mund.

»Wer wohl?«, blaffte dieser Erasmus Schöngeist. »Mein Assistent. Er kann gar nicht gut damit umgehen, dass ich meistens zuerst gerufen werde. Vielleicht wollt ihr die Güte haben, ihn ebenfalls zu rufen?«

»W-w-wen, bitte?«, stotterte Hotte. Und mir fiel Emilies Brief ein – klar, sie hatte nicht nur Erasmus erwähnt, sondern noch einen Namen! Ich überlegte fieberhaft.

»Ach so, ihr kennt seinen Namen nicht. Lodovico. Aber ihr könnt auch Loddel zu ihm sagen.« Erasmus Schöngeist kicherte, was ihm aber gleich verging, als er einen erneuten Stoß aus dem Nichts bekam.

»Rufen?«, fragte ich.

»Oh, ihr seid nicht gerade die Hellsten«, stellte der Mann fest. Ich verschränkte die Arme vor der Brust, verkniff mir aber eine bockige Bemerkung.

»Wir können nicht einfach jedem so erscheinen, wie wir wollen. Also, wir können gewissermaßen schon, aber dann gibt es fast immer Ärger und Missverständnisse. Ihr müsst uns auffordern.«

»Lodovico?«, fragte ich vorsichtig.

»Lodovico, wenn du hier bist, zeige dich«, raunte Erasmus mir zu. »So, zum Beispiel, oder auch: Loddel, du fauler Kerl, beweg deinen Hintern hierher. Ups.« Er schlug die Hand auf den Mund. »Solch liederliche Rede in Gegenwart von Kindern! Na ja, du kannst auch ganz einfach sagen: Besucher, zeige dich.«

»Lodovico, wenn du hier bist, zeige dich«, versuchte ich es.

»Seit wann duzen wir uns, so geht es wirklich nicht«, kam als Antwort aus der Dunkelheit, und zum ersten Mal sah ich ein Gespenst, wie es sich langsam aus dem Nichts zusammensetzte: Zuerst ein Schatten, noch durchsichtig wie ein Schleier, dann wurden die Umrisse deutlicher, und schließlich stand ein Herr im hellblauen Anzug vor uns. In der einen Hand hielt er weiße Handschuhe und einen weißen Hut mit Krempe, in der anderen einen Spazierstock. Er war eine sehr elegante Erscheinung. Schneeweiße, perfekt gescheitelte Haare umrahmten sein zerknittertes Gesicht. Ich hatte noch nie so viele und so feine Falten in einem einzigen Gesicht gesehen.

»Geistreich, mein Name, Lodovico Geistreich.« Er verbeugte sich tief vor mir und griff meine Hand, um mir einen Handkuss zu geben – oder vielmehr: einen Handkuss anzudeuten, denn kurz bevor seine Lippen meine Hand berühren konnten, hielt er inne.

Meine Finger schmerzten vor Kälte an den Stellen, die er berührt hatte. Mir wurde schwindelig. Ich schwankte einen Schritt zurück. Das Gefühl erinnerte mich an etwas. Ein paar Sekunden brauchte ich, bis ich wusste, was es war. Es war das gleiche Gefühl, das ich bei der Begegnung mit dem Mann gehabt hatte, der sich Herr Meier oder Herr Schmidt nannte.

»Loddel, nun lass diesen Unfug. Du weißt doch, dass sie allzu engen Kontakt nicht vertragen, manchmal überleben sie ihn nicht einmal«, schimpfte Erasmus Schöngeist. Er zog die Taschenuhr aus seiner Weste hervor. Sie hatte ein großes Zifferblatt, und als er mit dem Fingerknöchel auf das Glasgehäuse schlug, bewegten sich gleich drei Zeigerpaare mit und gegen den Uhrzeigersinn, bis sie sich übereinander einpendelten. »So, jetzt haben wir Zeit. Alle Zeit der Welt. Hier ist es ein bisschen ungemütlich«, sagte er mit einem prüfenden Blick auf den Bären Fridolin. »Außerdem weiß man am Ende nie, ob die Biester nicht doch über einen herfallen. Kleiner Scherz«, entschuldigte er sich. »Wir tagen im Blauen Salon, im Gedenken an die gute alte Emilie, Gott habe sie selig. Oder wer auch immer.«

Er hatte den letzten Satz noch nicht ganz ausgesprochen, da verschwanden sowohl Erasmus Schöngeist als auch Lodovico Geistreich im Nichts.

Im blauen Salon deutete Erasmus Schöngeist auf das Sofa und forderte Hotte und mich auf auf, uns zu setzen. Er selbst nahm im Stuhl an Emilie Bauerfeinds Schreibtisch Platz. Nur eine kleine Lampe darauf warf einen schwachen Schein in den Raum. Lodovico setzte sich mit einer Pobacke sehr lässig auf die Tischkante und betrachtete seine Fingernägel, um sie dann immer mal wieder an seiner Anzugjacke zu polieren.

»Um das gleich klarzustellen«, sagte Lodovico Geistreich. »Ich bin keineswegs sein Assistent, das bildet er sich nur ein. Mal ist es so, mal so. Das hängt von unseren Kunden ab, und bei Madame Emilie war zufällig Erasmus zuerst gefragt.« Er beugte sich zu mir: »Wenn Mademoiselle lieber von mir betreut werden will …«

Ich verstand nicht sofort, dass er mit »Mademoiselle« mich meinte.

»Miss«, korrigierte Erasmus Schöngeist Lodovico. »Wenn schon, dann muss es Miss Melli heißen, sie kommt nicht aus Frankreich, sondern aus Amerika. Und nun hör mit dem schwulstigen Gerede auf. – Emilie hat uns über alles informiert. Sie war sich nicht sicher, ob ihr überhaupt hierherkommen würdet, und dann wäre da ja noch die Frage aller Fragen. Als Erstes müssen wir wissen, ob du den Job übernehmen willst?«

Ich starrte ihn an. Irgendwie war mir das alles zu viel und zu schnell. Außerdem spürte ich, dass mir das Fieber und die Erschöpfung noch ganz schön in den Knochen steckten. Mein Blick suchte den von Hotte, aber der zuckte nur die Achseln.

»Ich … «, stotterte er.

»Nein, junger Mann, du bist nicht gefragt, und wenn ich darauf hinweisen darf: Erstens haben wir noch andere Klienten und nicht ewig Zeit, denn zweitens kann diese Uhr eure Zeit anhalten, aber leider nicht unsere. Und drittens müssen wir gar nicht weiterreden, wenn du nicht bereit bist, die Pforte zu bewachen.«

»Ich …«, stotterte ich.

»Was ist das denn hier für ein Gestotter!?« Erasmus sprang auf, klatschte in die Hände, und schon erstrahlte der Raum im Glanz der Kerzen, beim zweiten Klatschen knisterte das Feuer im Kamin.

»Sei nicht so ungeduldig, Erasmus«, sagte Lodovico Geistreich. »Sie ist doch noch recht jung, da fällt man nicht so schnell Entscheidungen von dieser großen Tragweite. Vielleicht will sie ja heiraten, Kinder kriegen oder Mathematikprofessorin werden.«

»Sieht sie nach Mathematik aus?«, höhnte Erasmus Schöngeist.

Das war eine ziemliche Frechheit, besonders weil ich in Mathe die Beste in unserer Klasse gewesen war. Bevor Lodovico das Gezänk fortführen konnte, sprang ich auf und schlug mit der flachen Hand auf die Platte des Schreibtischs. Ein paar von Emilie Bauerfeinds Erinnerungsstücken kippten um, die Schreibtischlampe klirrte und Erasmus sprang auf. Lodovico polierte weiter seine Fingernägel.

»Entweder einer von euch erklärt mir jetzt in Ruhe und eins nach dem anderen, was meine Urgroßschwiegercousine …«

»… vierten Grades …«, ergänzte Hotte.

»… hier getan hat oder … oder …« Ein »oder« fiel mir gerade nicht ein.

»Die junge Dame weiß, was sie will«, raunte Lodovico.

»Aber sonst weiß sie wohl nicht sehr viel?«, sagte Erasmus in einem nicht gerade freundlichen Ton. Er setzte sich wieder.

»Nun gut, also ganz von vorne.« Er holte mit tiefen Seufzern dreimal Luft.

Lodovico kicherte. »Mein Kollege macht es gerne ein bisschen dramatisch. Dieses leidvolle Luftholen mag er besonders, dabei ist es völliger Quatsch. Für was sollten wir Atem schöpfen, mausetot, wie wir sind?«

Erasmus Schöngeist bestätigte genau das, was Hotte und die anderen Experten für Besucher aus dem Jenseits bisher als Humbug abgetan hatten. Es dauerte eine Weile, bis ich verstanden hatte, um was es ging. Nicht, weil es so kompliziert war, sondern weil die eigenartigen Herren sich dauernd ins Wort fielen und zwischendrin ihre Gefechte austrugen.

»Es gibt noch dreizehn Pforten, die jeweils von einer Dynastie der Bewacherinnen kontrolliert werden. Frag mich nicht, warum das nur Frauen übernehmen können, keiner weiß das ganz genau. Nur eine Pforte in den Vereinigten Staaten von Amerika wird zurzeit von einem Mann bewacht, aber der war früher auch eine Frau, eine lange und komplizierte Geschichte.«

Hotte hielt es kaum auf seinem Platz. »Und die Pförtnerinnen entscheiden, wer hinüber ins Jenseits darf und wer nicht?«, fragte er aufgeregt. Er hatte ein zerfleddertes Schulheft aus seinem Rucksack geholt und schrieb die ganze Zeit Dinge hinein. Ab und zu murmelte er ein »Unglaublich!« oder »Das ist der Hammer!«.

»Natürlich nicht«, sagte Erasmus Schöngeist. »Wie kommst du denn auf die Idee? Kein Mensch entscheidet, was mit seiner oder gar der Seele anderer passiert, das wäre ja noch schöner.«

»Die Pförtner hüten den Schlüssel und leiten die Zeremonie«, erklärte Lodovico. »Klingt leicht, ist es aber nicht. Urlaub gibt es nie, einfach irgendwohin umziehen geht auch nicht, und dann ist da noch ein Problem.«

»Welches?«, fragte ich.

»Loddel!«, rief Erasmus aus. »Das muss doch jetzt nicht sein.«

»Wir sollten ihr die volle Wahrheit sagen«, verteidigte sich Lodovico.

Erasmus zog eine Schmolllippe. »Bitte schön, tu, was du nicht lassen kannst. Aber gib nachher nicht mir die Schuld, wenn die kleine Miss die Aufgabe nicht übernehmen will.«

»Ich bin keine kleine Miss«, warf ich dazwischen.

»Wie soll ich es ausdrücken? Diese Aufgabe ist nicht gerade förderlich … für dein Liebesleben«, brachte Lodovico drucksend hervor.

Fast hätte ich gesagt, dass er sich darum keine Sorgen machen musste, aber dann ging es mir selbst durch den Sinn, dass es ein Problem werden könnte, in einem abgelegenen Ort wie Kohlfincken einen Mann zu finden, falls ich mich irgendwann überhaupt dafür interessieren sollte.

Jimmy Southville würde ganz bestimmt nicht nach Kohlfincken kommen, außerdem wollte er Formel-1-Rennfahrer werden, der jedes Wochenende auf einem anderen Kontinent im Kreis fuhr.

»Siehst du, jetzt hast du sie verschreckt«, meckerte Erasmus. »Andererseits, wenn man sie so schnell verschrecken kann, ist sie sowieso nicht die Richtige.«

Hotte schaute mich an. In seinen Augen stand ein Flehen, so etwas wie: Sag bitte nicht Nein! Oder war es etwas wie: Wenn du es nicht machst, mache ich es!

»Und was ist *Ihre* Aufgabe?«, fragte er die beiden Herren.

»Wir sind für die Problemfälle da«, sagte Erasmus.

Einen Augenblick fragte ich mich, ob nicht alle Seelen, die nicht ordnungsgemäß ins Jenseits gelangten, so was wie ein »Problemfall« waren.

»Es ist so …«, sagte Erasmus, »… die ganze Sache hört sich

etwas einfacher an, als sie ist. Uns ist es streng verboten, über das Jenseits zu sprechen, äh, also …«

»Sag es schon.« Lodovico stupste ihn in die Seite.

»Habe ich dir nicht gesagt, dass …«

»… ich dich nicht stupsen soll. Hast du. Aber sonst rückst du nie damit heraus.«

»Das sind Informationen, die sie erst haben darf, wenn sie den Kontrakt unterschrieben hat.«

»Den *Vertrag*«, flüsterte Hotte mir zu.

»Weiß ich selbst«, antwortete ich, obwohl ich das Wort noch nie gehört hatte. »Also, was ist nicht so einfach?«

»Der Kontakt zum Jenseits und der Umgang mit den Hilfesuchenden ist sehr gewöhnungsbedürftig, du wirst am nächsten Tag mindestens über Kopfschmerzen, vielleicht auch Übelkeit und erhöhte Temperatur klagen. Keine Sorge, mit der Zeit lässt das nach«, sagte Erasmus.

»Weiter«, drängte Lodovico. Er hob die Hand, stupste Erasmus dieses Mal jedoch nicht.

»Es gibt da auch noch eine andere Seite. Bezeichnen wir es vielleicht als: das Dunkle Jenseits.« Erasmus schaute sich um, als habe er Angst, dass noch jemand seine Worte gehört hatte. »Die Helfershelfer dieser dunklen Seite sind nicht gerade sehr umgängliche Gesellen. Der Kontakt mit ihnen ist anfangs verlockend, aber man bereut es schnell. An ihre Anwesenheit gewöhnt man sich nie. Die gesundheitlichen …« Er sprach weiter, aber ich nahm die Worte nicht mehr wahr.

Herr Meier. Herr Schmidt. Der Mann ohne Beine. Mein Besucher vor ein paar Nächten. »Der Mann mit der Augenklappe.«

»Wie bitte?«, hörte ich aus weiter Ferne die Stimme von Lodovico.

Ich hatte gar nicht gemerkt, dass ich laut gesprochen hatte.

Hotte hielt meine Hand. »Erzähl ihnen von dem Mann mit der Augenklappe.«

»Hast du Augenklappe gesagt?«, fragte Erasmus mit sich überschlagender Stimme.

»Sie hat Augenklappe gesagt!«, sagte Lodovico.

»Das habe ich doch gehört«, schnauzte Erasmus.

»Warum fragst du dann?«, schnauzte Lodovico zurück.

Erasmus sprang auf, umrundete einmal das Sofa, klatschte in die Hände und brachte damit den Kamin und die Kerzen zum Erlöschen. »Was wollte er von dir?«

»Ich soll ihm das italienische Mädchen überlassen.«

»Ein italienisches Mädchen?«

Ich nickte.

Hotte räusperte sich. »Entschuldigung …«

»Junge, stör uns nicht beim Denken!«, blaffte Erasmus.

Hotte kramte in seinem Rucksack und holte die ektoplasmatische Bildplatte hervor. »Vielleicht schauen Sie sich das mal an«, sagte er.

Lodovico nahm die Bildplatte. »Na, das hättet ihr aber auch gleich sagen können. Sie ist ein Geist, Erasmus, eine verlorene Seele, die der Einäugige sich unbedingt holen will. War er hier im Haus?«

Ich nickte. »Vor ein paar Tagen, also eher vor ein paar Nächten.«

»Wenn er sich in die Nähe der Pforte wagt, dann muss es ihm ziemlich übel gehen«, sagte Erasmus mit einem bösen Lächeln.

»Dann ist er zu allem bereit, mein Lieber, da gibt es nichts zu lachen«, sagte Lodovico. »Die Einäugigen sind so eine Art Kopfgeldjäger, die versuchen, verlorene Seelen für die Dunkle Seite einzufangen. Ein Einäugiger bekommt alle Jahre, die ein Gespenst zu lange auf der Erde verbracht hat, gutgeschrieben.

Wenn er sich so nah an die Pforte traut, muss dieses Mädchen schon ein sehr alter Geist sein.«

»Sie sieht aber gar nicht so alt aus«, erklärte ich ihm. »Höchsten ein oder zwei Jahre älter als ich.«

»Ach, Kind! Das spielt doch keine Rolle, wie alt sie aussieht. Sie wird immer so alt aussehen wie an ihrem Todestag«, sagte Erasmus.

»Ist eigentlich gar nicht so schlecht«, sagte Lodovico und begutachtete seine polierten Fingernägel, um sie dann weiter an seinem Ärmel auf Hochglanz zu bringen. »Bei dem ausgeprägten Jugendwahn heutzutage. Erspart einem den Schönheitssalon.«

»Wenn sie sich dir gezeigt hat, hat sie dir bestimmt gesagt, was sie will?« Erasmus zog die Augenbraue hoch. Das hatte ein wenig Ähnlichkeit mit meiner Mutter.

»Sie ist immer wieder verschwunden und manchmal hat sie nur geächzt und gesäuselt wie der Wind.«

»Mit anderen Worten, du hast ihr noch nicht die drei Fragen gestellt?«

»Die drei Fragen«, murmelte Hotte und machte sich eine Notiz.

»Die drei Fragen?«, fragte ich. Hotte hat mir von den drei Fragen erzählt, aber in all dem Durcheinander hatte ich sie wieder vergessen.

»Sie kennt nicht einmal das Einmaleins der Geisterkunde«, seufzte Erasmus. »Das wird eine Menge Arbeit mit ihr, wir können alle anderen Aufträge für die Zukunft absagen, da kannst du sicher sein, Lodovico.«

»So wie ihr uns gerufen habt, musst du jeden Geist einladen. Ungeladene Geister sind das, was ihr ›Spuk‹ nennt. Sie poltern, sie jammern, sie huschen um die Ecken oder stehen auch schon einmal herum, wie auf dieser Bildplatte. Wenn du sie einlädst, kannst du ganz normal mit ihnen reden und umgehen. Nur anfassen solltet ihr euch nicht, du weißt schon, warum.«

»Nun gut, Lektion 1: Wer bist du? Was willst du? Wie kann ich dir helfen?«, leierte Erasmus die drei Fragen hinunter. »Muss ich sie wiederholen oder kannst du sie dir merken?«

»Wer bist du? Was willst du? Wie kann ich dir helfen?«, sprach ich die Fragen einmal nach.

»Na geht doch«, sagte Erasmus. »Dann zu Lektion 2 …«

Weiter kam er nicht.

Das Haus wackelte. Es knirschte und knackte. Die Wände begannen zu schwanken. Aus einem leichten Wind wurde blitzschnell ein Wirbelsturm, der durchs Zimmer fuhr. Alles was nicht niet- und nagelfest war, ruckelte und schepperte, klirrte und wanderte über die Regalbretter oder den Fußboden. Ein paar Vasen kippten zu Boden, das Bild über dem Kamin löste sich an einer Seite von der Wand. Ein monströser Schrei hallte durch das Haus und die Tür flog auf.

»Schnell!«, rief Erasmus. »Er greift an, er meint es sehr ernst.«

Was wir schnell tun sollten, erfuhren Hotte und ich nicht. Lodovico Geistreich und Erasmus Schöngeist waren verschwunden.

»Guck dir das an«, schrie Hotte. Er zeigte auf seinen Apparat.

Das Gerät spielte völlig verrückt. Die Zeiger schlugen aus, sämtliche Lämpchen leuchteten, aus der Linse vorne stieg grünlicher Rauch.

Hotte hielt sich das Ektofokular vor die Augen.

»Das ist unglaublich«, rief er und reichte es mir.

Ich konnte kaum danach greifen, so sehr wackelte das Haus. So stellte ich mir ein Erdbeben vor, nur dass ich schon oft Bilder von Erdbeben in den TV-Nachrichten gesehen hatte, und dort stürzten oft stabile Häuser nach einem solchen Gerüttele einfach in sich zusammen. Unsere baufällige Villa, von der

Bobbyboy befürchtet hatte, dass sie einfach umkippen würde, hielt stand.

»Siehst du die Ektoplasma-Wellen?«, brüllte Hotte gegen den Wind an.

Ich schaute durch das Glas. Es waren Wellen und gleichzeitig Wirbelstürme, die durch das Zimmer rasten, dann ihren Weg durch die Tür hinaus in den Flur und die Halle nahmen. Grünstichige Wellen und Wirbelstürme.

»Wir müssen hinunter, Mama und Papa und Bobbyboy wecken!«

»Wenn sie von diesem Getöse noch nicht aufgeweckt worden sind, kriegen wir sie bestimmt auch nicht wach«, erwiderte Hotte.

Und wenn sie wach wären, würden sie nach mir suchen, das stand fest. Wo waren sie?

»Komm schon.« Ich stemmte mich mit aller Kraft gegen die Wand aus grünen Wolken. Hotte fummelte weiter an seinem Apparat herum.

»Wir müssen uns in Sicherheit bringen. Wo sind diese beiden Heinis?«, schimpfte Hotte. »Feige Kerle!«

Genau in diesem Augenblick flaute der Sturm von einer Sekunde auf die andere ab. Nur ein letzter tierischer Schrei hallte gellend durch das ganze Haus, bevor sich eine wahre Totenstille ausbreitete.

Es war so still, dass ich laut und deutlich hörte, wie meine Zähne aufeinanderklapperten. Ob Bobby, Mama und Papa wohl in Sicherheit waren? Ich konnte es nicht sagen, denn es war noch nicht vorbei.

Ich spürte, wie der Einäugige langsam seinen nächsten Angriff aufbaute. Er schien kurz innezuhalten und neue Kraft zu holen. Viel Zeit zum Nachdenken blieb mir nicht. Hotte hatte mich an der Hand gepackt und zerrte mich zur Tür.

»Nein«, schrie ich. »Merkst du nicht, dass er uns in Emilies Zimmer nichts anhaben kann?«

Hotte schaute sich um. Das ganze Haus hatte gerumpelt und gewackelt, draußen in der Halle klirrte es auch jetzt wieder, etwas zerbrach, etwas polterte, vielleicht war Fridolin von seinem Podest gekippt. Ich fasste einen Entschluss.

Ein Ruf in letzter Minute

Aurora redete leise auf den grossen Hund ein. Wie gut, dass sie keine Angst vor so großen Hunden hatte. Ihr Bruder Ippolito hatte selbst zwei mächtige Doggen sein Eigen genannt. Sie waren das Geschenk eines Augsburger Kaufmanns gewesen, mit dem ihr Vater, der Herzog, Geschäfte gemacht hatte.

»Roddie« hatte der Junge die Dogge gerufen, ein komischer Name für einen solch stattlichen Hund. Ippolito hatte seinen Rüden »Demonio« genannt. Pechschwarz war Demonio gewesen und ganz und gar kein Dämon, wie der Name es vermuten ließ, sondern ein verschmuster Tollpatsch. Die schneeweiße Hündin hatte er »Diva« gerufen, was genau die richtige Wahl gewesen war, denn das Tier hatte sich selbst göttlich und wunderschön gefunden. Wehe, ein Straßenköter war Diva zu nahe gekommen, dann hatte sie nur ganz eingebildet von oben auf ihn herabgeschaut.

Denk nicht an die schönen Zeiten im Garten, mit Ippolito und den Hunden, ermahnte Aurora sich. Es macht dich nur traurig. Und das würde Roddie spüren und winseln und jaulen, das wollte Aurora nicht.

Leider konnte sie das Tier von der Größe eines Kalbs nicht anfassen und kraulen. Sie wusste, dass Tiere die Berührungen durch Geister noch weniger vertrugen als Menschen.

»Hotte wird nichts geschehen, mein Lieber«, flüsterte sie immer wieder, aber Roddie winselte in einem fort. Wahrscheinlich spürte er, dass Aurora sich gar nicht so sicher war, ob das stimmte.

Ganz genau wusste sie aber, dass ihre Entscheidung, die Villa zu verlassen und sich woanders zu verstecken, richtig gewesen war. In Hottes Zimmer fühlte sie sich sicher. Seit er sich dauernd drüben bei Melli aufhielt, bestand kaum die Gefahr, dass er sie erwischte. Gut, Hotte und sein Onkel bewohnten ein viel schäbigeres Haus, als die Villa von Emilie Bauerfeind es war, und das Zimmer des Jungen war winzig. Besser als der Dachboden mit den Spinnen und dem Taubendreck war es allemal.

Aurora hatte sich unter dem Bett verkrochen. Solange sie sich ruhig verhielt, konnte sie es dort gut aushalten, wenn nötig ein paar Jahre. Im Seelenschlaf verging die Zeit wie nichts.

Das Tohuwabohu in der Villa war ihr allerdings nicht entgangen. Sie war also hervorgekrochen und hatte versucht, einen Blick zu erhaschen, was dort drüben vor sich ging. Die Bäume auf der Grenze zwischen den beiden Grundstücken versperrten leider die Sicht, nur hier und da konnte sie durch die Blätter etwas sehen. Das Getöse nahm sie jedoch wahr und vor allem die grünlichen Schwaden, die wie Rauch aus den Fenstern und aus dem Schornstein drangen.

Etwas Ähnliches hatte sie bereits einmal erlebt: Jemand versuchte eine Geisteraustreibung. Und dieser Jemand war der Einäugige, da war sich Aurora sicher. Sein Plan war es, Aurora abzufangen, wenn sie aus dem Haus gefegt würde. Diesen Plan hatte sie vorläufig durchkreuzt.

In die Villa drüben war Ruhe eingekehrt. Auch der Hund hatte sich beruhigt.

Aurora kroch wieder unter das Bett. Dort leisteten ihr eine Menge Staubmäuse und ein abgewetzter Bär aus Plüsch Gesellschaft. Die Kinder dieser Zeit besaßen so viele Spielzeuge und Puppen und Stofftiere, dass sie irgendwann wahrscheinlich zwangsläufig unter den Betten landeten und verstaubten.

»Ganz wie ich«, seufzte Aurora, und der Hund winselte, als habe er Aurora verstanden.

Mit den Hunden, die der Augsburger Kaufmann ihrem Bruder geschenkt hatte, hatte damals alles begonnen. Der Kaufmann hatte einen Sohn, Jakob Theodor Lugger war sein Name gewesen. Jakob hatte bei seinem ersten Besuch am Hofe von Auroras Vater, bei dem er seinen Vater begleitet hatte, sofort ein Auge auf Aurora geworfen. Schnell waren die Vorstände der beiden Familien sich einig gewesen: Aurora und Jakob sollten heiraten.

Aurora wusste, dass sie nicht den Mann ihres Herzens zum Gemahl nehmen würde, sondern einen, der entweder die Macht oder das Vermögen ihres Vaters vermehrte. Jakob tat beides. Sogar der Papst und der Kaiser waren Schuldner dieser Familie.

Doch Jakob war hässlich. Und er roch sehr schlecht aus dem Mund. Und er sprach kein Wort Italienisch. Zudem war Aurora in jemand anderen verliebt, in Cosimo, den Sohn des Schreinermeisters Verlucci. Cosimo nannte nichts als ein paar Flöten und wunderschöne braune Augen sein Eigen.

Geweint hatte sie, sehr geweint, weil sie wusste, dass sie sich dem Befehl des Vaters niemals widersetzen durfte, niemals. Sie war noch so jung, gerade erst sechzehn, aber es war völlig normal, dass die Tochter eines Herrschers in diesem Alter vor den Traualtar geführt wurde.

Und dann war Jakob in der Hochzeitsnacht ums Leben gekommen.

Wer sonst außer Aurora und Cosimo kamen als Täter infrage?

Sogar der letzte Knecht im Herzogtum war davon überzeugt, dass das Paar den deutschen Kaufmannssohn vergiftet hatte, ja, aus Auroras Hand hatte er den Becher mit dem Gift des Schierlings empfangen. Wer ein reines Gewissen hatte, machte sich nicht still und leise vor dem Morgengrauen aus dem Staub, wie Cosimo und Aurora es getan hatten. Nur Mörder flohen bei Nacht und Nebel und stahlen auch noch das beste Pferd im Stall. Ihre Flucht hatte ein schnelles, plötzliches und tödliches Ende gefunden.

Beim Gedanken daran schluchzte Aurora nun doch.

Sie lugte unter dem Bett hervor, denn die Dogge tippelte durch das Zimmer des jungen Freiherrn Hotte und jaulte.

Der Hund war nicht alleine im Raum. Ein Besucher war da.

»Du musst dir schon ein besseres Versteck suchen, kleine Prinzessin Aurora«, sagte der Besucher. »Die Wellen deiner Traurigkeit schwappen über alle Berge und Ozeane hinweg, ein wahres Spektakel veranstaltest du. Komm mit, und die Sache hat ein Ende.«

Aurora seufzte. Sie gab sich gar keine Mühe mehr, ihre Gefühle zu unterdrücken. Es war zu spät, sollte ruhig jeder hören, welch ein schauerliches Gespenst sie sein konnte. Da ließ sie ein Ruf aufhorchen. Es war, als käme er aus weiter Ferne, gleichzeitig klang er ganz nah, fast wie ein Echo in ihren eigenen Ohren.

»Aurora! Wo bist du?«, rief das Mädchen und noch einmal viel lauter: »AURORA! Was willst du? Wie kann ich dir helfen?«

Ein Schlaftrunk für die Ewigkeit

»Das wurde aber auch Zeit«, hörte ich die Stimme von Erasmus Schöngeist durch das Getöse. Seine Worte klangen genervt und gleichzeitig erleichtert. Mama klang genauso, wenn ich auf dem Heimweg von der Schule getrödelt hatte. Sie machte sich dann große Sorgen, war aber andererseits heilfroh, dass mir nichts zugestoßen war.

»Nun meckre sie nicht an«, sagte Lodovico.

Die beiden Herren erschienen aus dem Nichts, woran ich mich schon fast gewöhnt hatte. Zwischen ihnen nahm jedoch noch eine weitere Person Gestalt an: das Mädchen.

Ganz still stand sie dort, mit hängenden Schultern und ängstlichem Blick, aber sie sagte nichts.

Ich weiß nicht, wann genau und warum ich so plötzlich die Entscheidung getroffen hatte, Emilies Wunsch und Auftrag zu erfüllen. Ob es aus Mitleid mit dem italienischen Mädchen geschah oder einfach aus Angst, dass der Einäugige unser Zuhause in Trümmern legte, war nun auch egal. Es musste etwas geschehen, und ich konnte etwas tun, auch wenn ich noch längst nicht genau wusste, was eigentlich auf mich zukam.

Hotte stupste mich in die Seite.

»Stups mich nicht«, sagte ich.

»Stupsen ist schrecklich«, sagte Erasmus Schöngeist.

»Das nun wieder.« Lodovico Geistreich verdrehte die Augen.

»Mach schon«, drängelte Hotte. »Du weißt doch …«

Jetzt verdrehte ich die Augen. Ja, ich wusste, was ich tun oder besser gesagt, was ich fragen musste. Ich hatte sie hergerufen, nun musste ich es zu Ende bringen. Ein bisschen mulmig war mir dabei, nicht zuletzt, weil das Rappeln, Klirren und Sausen nicht nachließ.

Die Worte der ersten Frage kamen kratzend hervor, fast nur ein Flüstern, aber das reichte: »Wer bist du?«

»Aurora«, antwortete das Mädchen mit klar verständlicher Stimme.

Im selben Augenblick gellte wieder ein Schrei durchs Haus, böse und wütend. Die Villa wurde von einem schweren Stoß erschüttert. Aurora zuckte zusammen, sie duckte sich, aber Lodovico beschwichtigte sie mit leisen Worten, die ich nicht verstand.

»Weiter, der Kerl meint es ernst«, sagte Erasmus Schöngeist.

»Was willst du?«, brachte ich entschlossener hervor.

»Ich will hinübergehen auf die andere Seite und dort meinen Frieden finden«, sagte Aurora ganz ohne Sausen, Ächzen und Wimmern.

Als Nächstes kam die schwierigste Frage, denn mir war klar,

was Aurora antworten würde. Genauso klar war mir, dass ich nicht wusste, was ich dann zu tun hatte.

»Wie kann ich dir helfen?«, fragte ich trotzdem mit fester Stimme.

»Höre meine Worte und öffne die Pforte«, antwortete sie und sprach sofort weiter: »An meinem sechzehnten Geburtstag sollte ich den Kaufmannssohn Jakob heiraten, obwohl ich in einen anderen Mann verliebt war.«

»Mit sechzehn?« Hotte schüttelte den Kopf. »Ganz schön früh.«

»Scht«, zischte Erasmus Schöngeist. »Lass sie erzählen. Außerdem war das damals üblich. Die meisten Leute starben schließlich auch viel früher.«

»Damals?«, fragte Hotte, aber Erasmus legte nur den Finger auf die Lippen.

»Es war der 13. Juli 1518«, sprach Aurora weiter.

Hottes Augen weiteten sich. »Eine 500 Jahre alte Seele, wow«, murmelte er.

Ich konnte es selbst nicht glauben. Aurora war blass und sah verängstigt aus, aber sie wirkte keinen Tag älter als sechzehn.

»Ich tat, wie mir befohlen wurde, jedoch zerriss es mir fast das Herz. Mein Geliebter und ich …« Ein tieftrauriger Seufzer entfuhr Aurora. Sie fasste sich wieder. »Wir entschlossen uns zur Flucht, noch bevor die Hochzeitsnacht beginnen konnte. Ich brachte meinem frisch angetrauten Gemahl Jakob ein Glas Rotwein als Nachttrunk. Nach wenigen Augenblicken schlief er ein. Cosimo und ich packten die Gelegenheit beim Schopf. Zuerst wollte Cosimo nicht, aber ich bedrängte ihn. ›Wir müssen jede Minute nutzen, schnell, Geliebter‹, rief ich aus. Es wäre alles anders gekommen, wenn ich nicht darauf bestanden hätte, dass wir fliehen.«

»Was wäre anders gekommen?«, fragte ich.

»Die Wächter meines Vaters entdeckten die Flucht zu früh. Sie folgten uns bald, obwohl wir eines der schnellsten Pferde genommen hatten. Der Pfeil eines Verfolgers traf Cosimo, der Tod holte ihn auf der Stelle. Das Pferd scheute, stieg und warf mich ab. Ich stürzte kopfüber zu Boden …«

In diesem Moment knickte Auroras Kopf nach hinten und sank dort auf ihre Schultern hinab. Ich stieß einen Schrei aus, erinnerte mich dann, was Hotte gesagt hatte: Die Geister der Toten erscheinen uns genau so, wie sie gestorben sind.

»Genickbruch«, sagte Lodovico. »Man sieht taufrisch aus nachher. Fast.«

»Loddel, du herzloser Kerl«, schimpfte Erasmus.

Aurora rückte ihren Kopf zurecht. »Ich war ebenfalls tot, aber meine Seele blieb, ich weiß nicht, warum.« Sie schluchzte verzweifelt auf.

Der Sturm schwoll wieder an. Etwas rüttelte an den Türen. Aurora schrie auf. Mit ausgestrecktem Arm zeigte sie auf eins der Fenster. Ein übergroßes Gesicht waberte dort, entstellt, mit glühenden Augen. Oder besser: mit *einem* glühenden Auge.

»Der Einäugige«, schrie Aurora.

Mit verzerrter, rollender Stimme grölte es aus der Kehle des Monsters: »Du gehörst mir, mir, mir – du MÖRDERIN!«

»Nein!«, kreischte Aurora.

»Doch! Du musst ihnen schon die ganze Geschichte erzählen«, schrie der Einäugige. »Der Nachttrunk für ihren Gemahl war vergiftet.«

Aurora kauerte sich neben den Kamin. Sie vergrub ihr Gesicht in den Armen. »Es war nur ein Schlafmittel, ganz harmlos, ein Schlafmittel.«

»Du hast ihm etwas in den Wein geschüttet?«, fragte ich.

Aurora nickte.

»Dann hast du ihn ermordet?«, flüsterte ich entsetzt. Ich

konnte es nicht glauben, dass dieses so unschuldig aussehende Mädchen eine kaltblütige Giftmörderin sein sollte.

»Nein«, rief Aurora, »so war es nicht. Ich bin keine Mörderin. Der Trank wurde mir …« Nun schluchzte sie bitterlich. »Er hat mir versichert, dass es ein ganz harmloses Schlafmittel sei.«

»Wer hat dir das versichert?«

Aurora schlug die Hände vors Gesicht. »Niemand … das … ich …«, stammelte sie.

»Sie ist eine Mörderin, glaubt ihr kein Wort«, röhrten die Worte des Einäugigen von draußen.

»Du musst mir glauben«, verteidigte sich Aurora. »Ich darf es dir nicht sagen. Sonst breche ich den Schwur, den ich ihm gegeben habe.«

»Wem hast du etwas geschworen?«, versuchte ich noch einmal, etwas aus Aurora herauszubekommen. »Deinem Geliebten Cosimo?«

Sie schüttelte den Kopf so heftig, dass ihre fuchsroten Haare wie Flammen herumwirbelten.

»Das tut nichts zur Sache«, sagte Erasmus Schöngeist. »Ob wir oder du oder der da …«, er zeigte auf Hotte, der den Mund vor Staunen gar nicht mehr zubekam, »… oder irgendwer Aurora glaubt, ist völlig nebensächlich. Ihre Unschuld kann niemand mehr beweisen. Du wirst es gleich sehen, wenn du die Pforte öffnest.«

»Sie gehört mir, mir alleine«, brauste der Zorn des Einäugigen wieder auf. Das Haus zitterte und bebte nun an allen Ecken und Enden. »Melli Bower, ich werde mich rächen, räääääächen«, gellten seine Schreie. »An dir und allen in diesem Haus!«

Die Art, wie er meinen Namen aussprach, versetzte mich in argen Schrecken. Es klang ein wenig wie Mama, wenn sie zu einem sehr ernsthaften Gespräch ansetzte, weil ich irgendetwas ausgefressen hatte.

»Wo ist der Schlüssel?«, fragte Erasmus. »Hat Emilie dir den Schlüssel gegeben?«

Ich nickte nur und zog das Kettchen unter meinem T-Shirt hervor.

»Dann los«, sagte Erasmus.

Ich schaute ihn verständnislos an. »Wohin?«

Erasmus verdrehte die Augen. »Sie braucht wirklich noch ein bisschen Nachhilfe«, stöhnte er.

»Sei nicht so ungeduldig«, sagte Lodovico. »Dafür sind wir da. – Kommt mit«, forderte er Aurora und mich auf und führte uns in die Halle. Hotte und ich stolperten Lodovico und Erasmus hinterher, durch den schwankenden Flur und die ächzende Treppe hinunter. Aurora folgte uns.

»Öffne die mittlere Vitrine mit dem Schlüssel und warte ab. Wir empfehlen uns derweil.« Lodovico stupste Hotte in die Seite.»Du auch!«

»Stupsen Sie mich nicht«, sagte Hotte.

»Siehst du«, sagte Erasmus, »keiner mag das. Trotzdem gehst du mit uns. Es darf niemand zugegen sein, wenn *es* passiert. Zu deinem eigenen Schutz. Nur die Pförtnerin ist stark genug, das auszuhalten.«

»Hoffentlich …«, fügte Lodovico sehr leise hinzu, aber ich hatte es gehört.

Ich schluckte. Hotte wäre liebend gerne selbst der Pförtner gewesen. Mir war klar, dass dies vielleicht der größte Augenblick im Leben eines Geisterjägers war, aber ich erinnerte mich an die Worte im Brief meiner Urgroßschwiegercousine, und auch Erasmus hatte davon gesprochen: Irgendwie überforderte diese Aufgabe die Männer, deshalb hatten schon immer die Frauen sie erledigen müssen.

»Und denk daran, dass sie ihren Tribut zahlen muss!«, erinnerte Lodovico mich.

»Ich habe das Goldstück dabei.« Aurora kramte in einer versteckten Tasche ihres Kleides. Sie zog eine Goldmünze hervor.

Aurora zeigte auf die Prägung. Das grob geschnittene Profil eines Mannes war darauf zu sehen.

»Das ist mein Vater, Paolo der Dritte, Herzog von Monte Piuvelli ...«

»Keine Plaudereien«, unterbrach Erasmus sie.

Als Aurora und ich alleine waren, steckte ich den Schlüssel in das kleine Schloss der mittleren Glasvitrine. Es war der Schaukasten mit den Schmetterlingen. *Die Schmetterlinge lügen nie*, hatte Emilie geschrieben.

Diese Schmetterlinge waren jedoch tot und mit Nadeln auf ein Samtkissen aufgespießt. Wunderschön anzuschauen waren sie, aber wie sie mir oder irgendwem in diesem Zustand einen Weg weisen sollten, war mir ein Rätsel.

Ich drehte den Schlüssel herum.

Sofort legte sich der Sturm, der das Haus ohne Pause gerüttelt und geschüttelt hatte. Totenstille herrschte von einer Sekunde auf die andere. Ich schaute mich in der großen, im Dämmerlicht liegenden Eingangshalle um.

Mir war mulmig zumute. Hatte der Einäugige aufgegeben? Wenn ich Erasmus und Lodovico richtig verstanden hatte, war es für den Einäugigen mit einem großen Risiko verbunden, sich der Pforte zu sehr zu nähern. Ich hatte selbst erlebt, wie er oben im Blauen Salon seine Beine verloren und sich schnell aus dem Staub gemacht hatte. In dieser Nacht hatte er die Villa noch nicht betreten, den Tornado wahrscheinlich von draußen entfacht. Die Stille beunruhigte mich nun fast mehr als der Krach und seine Schreie zuvor.

Schöpfte der Besucher von der Dunklen Seite neue Kraft, um dann härter als zuvor zuzuschlagen?

Aurora stand einfach da. Mir schien es, als sei sie noch ein wenig blasser geworden, nicht nur im Gesicht, sondern am ganzen Körper, sogar das Kleid wirkte durchscheinend. Wenn sie nun verschwand, würde ich sicher nie eine Antwort auf eine Frage bekommen, die mir seit ihrem Bericht im Blauen Salon auf der Seele brannte.

Also fragte ich sie ohne Umschweife: »Wer hat den Schlaftrunk für deinen Gemahl zubereitet?«

Auroras Lippen bebten. Sie trat zu mir. Ich spürte die Kälte, die von ihr ausging. Sie flüsterte es mir ins Ohr.

»Aber du darfst es niemandem verraten, das musst du mir schwören.«

Kaum hatte sie die wenigen Silben ausgesprochen, schreckte uns ein leises Geräusch auf, das aus der Glasvitrine kam: All die Schmetterlinge, die dort seit vielen Jahren getrocknet und mit Nadeln aufgespießt verharrt hatten, flatterten wild in dem engen Gefängnis umher. Ihre Körper schlugen gegen die gläserne Abdeckung und verursachten ein flapsendes Geräusch.

»Sie wollen hinaus«, sagte Aurora.

Ich schob die Abdeckung zur Seite. Die Schmetterlinge suchten sofort den Weg in die Freiheit. Sie drehten sich in einem bunten Wirbel aus Flügeln, Körpern und Fühlern um Aurora und mich herum. Der Luftzug, den sie verursachten, kitzelte meine Haut. Im Gegensatz zu den bedrohlichen Windböen, die der Einäugige durch das Haus gejagt hatte, fühlte es sich wie eine Liebkosung an, fast als streichelten sie mich und bedankten sich dafür, dass ich ihnen die Freiheit gegeben hatte. Durch die Wolke der zarten Insekten konnte ich kaum etwas sehen. Mir wurde schwindelig.

»Arrivederci, mia amica«, hörte ich die Stimme von Aurora. »Mille grazie!«

Italienisch sprach ich nicht, aber diese Worte verstand ich.

Ich kannte sie von unserem Pizzabäcker gleich um die Ecke unserer New Yorker Wohnung, wenn wir dort die beste Pizza Salami der Welt geholt hatten: »Auf Wiedersehen, meine Freundin«, hatte Antonio dann gerufen. »Tausend Dank!«

Plötzlich sammelten sich die Falter um Aurora. Der ganze Schwarm umhüllte sie und stieg mit ihr hinauf zu dem Oberlicht, durch das die ersten Sonnenstrahlen fielen. Das jedenfalls glaubte ich, das helle Licht stach mir in den Augen.

»Auf Wiedersehen, Aurora«, wollte ich dem Mädchen nachrufen, wurde aber von einem heftigen Schwindel erfasst. Ich konnte nicht sagen, ob die Worte wirklich über meine Lippen gekommen waren. Der Schwindel wurde so stark, dass ich fast das Bewusstsein verlor. Ich musste mich auf den kalten Marmorboden der Halle setzen.

Nach ein paar Augenblicken schaute ich nach oben.

Die Schmetterlinge waren verschwunden. Das Mosaik des Oberlichts schimmerte hier und dort, Licht fiel jedoch kaum noch hindurch. Am Geländer der Treppe entdeckte ich drei Gestalten.

»Ist sie weg?«, fragte Hotte.

Erasmus und Lodovico klatschten sich ab wie die Jungs in meiner Klasse.

»Natürlich ist sie weg«, sagte Erasmus. »Ich hatte keinen Zweifel daran.«

»Hattest du wohl«, sagte Lodovico.

»Als Emilie das erste Mal die Pforte öffnete, hatte sie ihre Mutter Agatha an ihrer Seite. Das ist natürlich eine ganz andere Sache«, verteidigte sich Erasmus.

»Du musst mir alles erzählen«, sagte Hotte. Er hüpfte die Treppe hinab und hockte sich neben mich. »Ich werde ein eigenes Buch darüber schreiben, nicht nur ein Kapitel im *Handbuch der Spukerscheinungen von 1849 mit der vollständigen …«*

Erasmus Schöngeist lachte. »Das ist doch ein völlig veralteter Schinken und vollständig ist er bestimmt nicht. Darüber können wir uns unterhalten, wenn Lodovico und ich mehr Zeit haben. Jetzt ruft die Pflicht, es gibt einen Notfall an Pforte Nummer sieben.« Bei den letzten Worten war er fast schon verschwunden, sie hallten nur wie ein fernes Echo aus einem weiten Raum.

»Wir dürfen uns empfehlen. Auftrag erledigt, immer zu Diensten.« Lodovico verbeugte sich und löste sich ebenfalls in Luft auf.

Hotte war kaum noch zu halten. Fragen über Fragen prasselten auf mich ein, aber ich war nicht in der Lage, ihnen zu folgen. Eine abgrundtiefe Erschöpfung übermannte mich.

»Ist alles in Ordnung?«, fragte Hotte besorgt, als er es endlich bemerkte.

»Morgen«, flüsterte ich. »Morgen …«

Noch immer hielt ich das Kettchen mit dem Schlüssel in der Hand. Mein Blick fiel auf die Glasvitrine. Alle Schmetterlinge waren wieder an ihrem Platz, genauso still und verstaubt, wie sie scheinbar seit Ewigkeiten dort gefangen waren. Nichts deutete darauf hin, was vor ein paar Minuten passiert war. Ich verschloss die Vitrine und legte die Kette wieder um meinen Hals.

»Ich habe geschlafen wie ein Murmeltier«, begrüßte Mama mich am nächsten Morgen zum Frühstück und reckte sich ausgiebig. Papa stopfte sich eine große Gabel voll Rührei in den Mund, und Bobbyboy, der sonst morgens an allem herummäkelte, stapelte sich drei Scheiben Wurst auf eine Brötchenhälfte. Alle drei strotzten vor Kraft und guter Laune, nur ich gähnte verschlafen. Das war kein Wunder nach den Ereignissen der letzten Nacht.

Hatten die anderen von dem Krach und Getöse nichts mitbekommen? Es schien nicht so, denn als ich Mama vorsichtig danach fragte, schüttelte sie den Kopf.

»Ein Sturm?«, fragte sie verwundert. Sie schaute mich an, fasste mich an beiden Schultern und nahm mich genau in Augenschein.

»Du siehst immer noch ein wenig mitgenommen aus, vielleicht hast du schlecht geträumt?«, stellte sie besorgt fest. »Aber wir können uns heute ausruhen. Wir waren so fleißig in den letzten Tagen, der Staub im Haus ist wie weggepustet.«

Ich musste lächeln. Der Einäugige hatte mitsamt den Ektoplasma-Resten den ganzen menschlichen Staub und Dreck und die Spinnweben hinausgewischt.

»Nur das Oberlicht in der Halle braucht dringend eine fleißige Hand, einen Lappen und ein paar Eimer Wasser, aber dafür müssen wir eine hohe Leiter besorgen«, sagte Mama. »Es ist völlig verdreckt, keine Ahnung, was da passiert ist. Gestern hat es noch im Sonnenlicht geglänzt.«

Ich hätte es ihr sagen können, aber ich schwieg.

»Du lächelst wieder. Wunderbar!«, sagte Mama. »Vielleicht machen wir einen Ausflug an einen der Seen in der Gegend, wie wäre das?«

Sonne, Wasser, Limonade, eine Bootsfahrt. Das klang sehr gut.

»Wir könnten doch Hotte mitnehmen?«, schlug ich vor. Ich hatte eine Menge mit ihm zu besprechen und er sicher genauso viel mit mir.

Nur mit Mühe hatte ich ihn in der Nacht davon überzeugen können, dass wir in den nächsten Tagen genug Zeit hätten, alles genauestens zu diskutieren. »Wenn das Haus in dieser Nacht nicht umgekippt ist, hält es jedem Sturm stand«, hatte ich ihm gesagt. »Und ich kann so schnell nicht mehr von hier weg, das ist wohl klar.«

Hotte hatte gegrinst. »Du hast ab sofort einen ziemlich wichtigen Job hier.«

Ich wunderte mich, dass Hotte nicht längst vor der Tür stand. Also entschloss ich mich, nun endlich einmal ihn zu besuchen.

An der Haustür empfing mich ein Mann in einer grünen Latzhose. Auf dem Kopf trug er einen Strohhut, der an der Krempe ausfranste und oben von einem karierten Tuch zusammengehalten wurde. Er sah aus wie ein Gärtner aus einem Bilderbuch für Vierjährige. Das musste Hottes Onkel sein.

»Aha, das ist also die neue Lady aus der Nachbarschaft«, begrüßte er mich mit einem breiten Lachen. »Wurde Zeit, dass ich dich mal kennenlerne, wo du meinem Neffen so den Kopf verdreht hast.« Er zwinkerte mir zu.

Dieses verschwörerische Zwinkern gehörte bei Erwachsenen wohl dazu. Es glich haargenau dem meiner Mutter. Ich sagte ihm nicht, dass etwas ganz anderes in der Villa Hotte den Kopf verdreht hatte, und begnügte mich mit einem: »Ich bin Melli. Darf Hotte mit uns zum See fahren?«

»Aber ganz sicher darf er das«, antwortete Hottes Onkel. Zwinker, zwinker. »Hotte, Besuch für dich«, rief er ins erste Stockwerk hinauf und entschuldigte sich. »Meine Pflanzen im Gewächshaus warten schon sehnlichst, ich lese ihnen neuerdings morgens Gedichte vor und abends spiele ich für sie auf der Geige.«

Vielleicht starrte ich ihn etwas zu zweifelnd an.

»Doch, doch«, verteidigte er sich. »Eleanor Grubower, eine von mir sehr geschätzte Naturkundlerin und Pflanzenkennerin aus England, hat dazu ein sehr interessantes Buch geschrieben. Wenn man den Pflanzen vormittags Liebesgedichte vorliest, steigert das den Ertrag …«

»Onkel Kalle!« Hotte stand in Socken und kurzer Hose auf

dem oberen Treppenabsatz. Neben ihm schleckte sich Roddie das Maul und wedelte mit dem Schwanz. »Melli interessiert sich nicht so doll für dein Grünzeug.«

»Ein anderes Mal gerne«, sagte ich. »Zum Fünf-Uhr-Tee vielleicht ...«

Hottes Onkel strahlte. »Wunderbar, sehr gerne.«

Hotte winkte mich zu sich. »Komm rauf«, sagte er. »Ich muss dir was zeigen.«

In Hottes Zimmer machte es sich Roddie auf dem Bett bequem. Der Raum glich einer Mischung aus einem Chemielabor, einer Reparaturwerkstatt und einem Zeitungskiosk nach einer Bombenexplosion. Plüschtiere, Klamotten, leere Verpackungen von Müsliriegeln und Gummibärchen, neongrüne Turnschuhe und alles mögliche andere Zeug bedeckten den Boden. Ein Weg führte zum Bett, einer zu einer kleinen Werkbank mit Schraubenziehern, einem Lötkolben, Drähten und Batterien darauf. Der dritte Weg endete am Fenster, vor dem ein Schreibtisch mit einem Computer stand. Hotte räumte einen Stapel Bücher und Zeitschriften von einem Stuhl, sodass ich wenigstens ein kleines Plätzchen in dem Chaos hatte.

»Es war ihr Bruder«, sagte er ohne lange Erklärungen. »Er hat es getan.«

Ich wusste, wen er meinte, und ich wusste, was er meinte.

Hotte zeigte auf den Bildschirm, auf dem eine Seite in einem Online-Lexikon zu sehen war. Er tippte auf ein altes Gemälde, auf dem ein Mädchen und ein junger Mann zu sehen waren. Bei dem Mädchen handelte es sich ohne Zweifel um Aurora. Sie trug ein ganz ähnliches Kleid wie das, was wir an ihrem Geist gesehen hatten. In einer Hand hielt sie die Flöte, die an ihrem Gürtel gehangen hatte. Der junge Mann stützte sich auf ein Schwert, im Hintergrund wachten zwei große Doggen über die abgebildeten Personen. Sie hätten Roddies Eltern sein können, denn einer der Hunde war schneeweiß und der andere tiefschwarz.

»Aurora und ihr Bruder«, sagte Hotte.

»Ippolito«, sagte ich.

»Du kennst seinen Namen? Woher?«

»Aurora hat ihn mir verraten.«

Hotte schaute mir forschend in die Augen. »Und was hat sie dir noch gesagt?«

Darauf antwortete ich nicht. Ich durfte es nicht, ich hatte Aurora geschworen, nichts zu verraten.

»Dieser Ippolito wurde 1518 vom Hofe seines Vaters, Paolo dem Dritten, Herzog von Monte Piuvelli, verbannt. Und rate mal, warum?«

Ich zuckte mit den Achseln.

»Er wurde verdächtigt, den Kaufmannssohn, den Aurora heiraten musste, vergiftet zu haben. Die ganze Sache flog auf und die Tochter hat sich auf der Flucht das Genick gebrochen. Herzog Paolo verfluchte seinen Sohn und schickte ihn in ein Kloster, wo Ippolito im hohen Alter einsam und verbittert gestorben ist. Er hat seine Schwester vor allem und jedem beschützt, und er wollte nicht, dass sie mit diesem schrecklichen Kaufmannssohn unglücklich werden würde. Aber dann ist alles schiefgegangen.«

»Und die arme Aurora musste jahrhundertelang dafür büßen, bis ich ihr die Pforte ins Jenseits geöffnet habe«, fügte ich hinzu. »Für einen Golddukaten.« Ich zog die Goldmünze hervor.

Hotte nahm sie ehrfürchtig entgegen, dann tippte er etwas am Computer ein, und eine neue Seite erschien, auf der lauter Münzen abgebildet waren, ganz ähnlich der, die Aurora mir gegeben hatte. Es war die Homepage eines Sammlers.

»Guck dir das an.« Hotte verglich das Porträt des Herzogs

auf Auroras Münze mit den Goldstücken auf dem Bildschirm. »Das ist er: Herzog Paolo der Dritte. Schau, was dieser Typ für eine solche Münze verlangt!«

»17.589 Euro.« Ich sah genauer hin. Es war genau die gleiche Münze, sogar das Jahr der Prägung stimmte überein. Allein dieses eine Goldstück war ein kleines Vermögen wert. Wenn der Einäugige recht hatte, lag irgendwo in der Villa ein kleiner Schatz mit solchen Münzen versteckt. »Wenn Emilie und ihre Mutter und vielleicht noch andere Frauen aus unserer Familie, die die Pforte bewacht hatten, diese Münzen gehütet und nicht ausgegeben haben …«

»… seid ihr steinreich«, vollendete Hotte den Satz.

»Aber wie soll ich meinen Eltern erklären, woher ich einen Dukaten von Paolo dem Dritten habe?«

»Wir müssen das Haus durchsuchen und den Schatz finden. Rein zufällig natürlich.« Er zwinkerte mir verschwörerisch zu.

Auf dem Weg durch den Garten hinüber zur Villa besprachen wir, wie wir vorgehen wollten. Auf den Ausflug zum Badesee hatten wir beide keine Lust mehr.

»Davon lässt Mama sich nicht mehr abbringen, wir müssen wohl oder übel mitfahren«, erklärte ich Hotte.

»Der Schatz läuft uns nicht davon. Morgen ist auch noch ein Tag. Wir müssen es systematisch angehen, einen Plan machen.«

Eine Frau, die schlechte Nachrichten bringt

Mama erwartete uns an der Tür des Gartenzimmers. Bobbyboy klammerte sich an ihr Bein. Ich hörte, wie Papa drinnen mit jemand sprach.

»Da bist du endlich«, rief Mama aus.

Ich erkannte es sofort an ihrem Kalter-Kaffee-Gesicht. Etwas musste passiert sein.

»Die Villa kippt um«, jubelte mein kleiner Bruder. »Wir fahren nach Hause.«

Ich betrat das Gartenzimmer. Eine Frau zeigte Papa gerade ein Blatt Papier, das dieser gnarzend hin und her wendete. »Sofortige Räumung …«, murmelte Papa.

»Genau, auf der Stelle, unverzüglich«, sagte die Frau. Sie

trug einen blauen Hosenanzug und zu viel Schminke. Ihr Hals erinnerte mich an einen Pelikan, weil unter ihrem Kinn eine Hautfalte schwabbelte, die ich schon einmal an jemand gesehen hatte. Als Mama sie mit Namen ansprach, wusste ich auch, an wen.

»Frau Wiesendübel, wir sind gerade hierher gezogen. In New York haben wir alles aufgegeben, das Haus ist alles, was wir haben.«

Das musste die Schwester des Anwalts Doktor Wiesendübel sein! Bei seinem Besuch nach unserer Ankunft hatte er davon gesprochen, dass seine Schwester die Bürgermeisterin sei.

»Es tut mir leid, aber als Bürgermeisterin bin ich für das Wohl aller in Kohlfincken zuständig, auch für das ihrige. Und wenn Ihnen das Dach auf den Kopf fällt, bin ich am Ende verantwortlich. Die Dokumente hier lassen keinen anderen Schluss zu.« Sie wedelte wieder mit den Papieren herum. »Das Gebäude ist akut einsturzgefährdet. Alle Bewohner müssen es sofort verlassen, dann wird es versiegelt und wir sehen weiter.«

»Die will sich nur das Haus unter den Nagel reißen«, raunte Hotte mir zu. »Außer dem Rechtsanwalt Alfons Wiesendübel gibt es auch noch den Bauunternehmer Arthur Wiesendübel.«

»Wenn Sie dagegen einschreiten wollen, können Sie sich gerne an meinen Bruder Alfons wenden, den kennen Sie ja schon.« Sie lächelte bissig. Vermutlich wusste sie genau, dass wir mit ihrem Bruder als Anwalt jeden Prozess gegen sie verlieren würden. »Oder Sie wenden sich an meinen Bruder Arthur. Der macht Ihnen bestimmt ein gutes Angebot für das Grundstück.«

Die Bürgermeisterin knallte das Schriftstück auf den Tisch und rauschte hinaus. Ich rannte hinter ihr her.

Vor dem Haus parkte ein großes blaues Auto. Ein Chauffeur in Uniform und mit einer verspiegelten Sonnenbrille auf der

Nase, die eher zu einem Flugzeugkapitän passte, lehnte sich an die Tür der Limousine. Als er die Frau kommen sah, zog er schnell die Chauffeurmütze vom Kopf und klemmte sie sich unter den Arm. Der Mann verbeugte sich und riss die Wagentür auf. Mit Schwung schlug er sie wieder zu, nachdem die Bürgermeisterin sich auf den Rücksitz geflüchtet hatte. Sie verschwand hinter den schwarz getönten Scheiben.

Der Chauffeur drehte sich langsam zu mir um. Ich erkannte ihn nicht sofort, aber dann lüpfte er kurz die Sonnenbrille. Mit dem einzigen Auge, das er hatte, zwinkerte er mir zu. Er fletschte die Zähne zu einem verächtlichen Grinsen.

»Habe ich dir nicht gesagt, dass ich mich rächen werde? Ich gebe nicht so schnell auf. Du hättest das italienische Mädchen besser mir überlassen. Wir wären ein gutes Team geworden.«

HOUSE OF GHOSTS

… und so geht es im zweiten Band weiter:

Viel Zeit, sich über ihr Erbe zu freuen und in der Villa von Emilie Bauerfeind anzukommen, bleibt Melli nicht. Die raffgierige Adelheid Wiesendübel macht nämlich ernst. Die Bürgermeisterin setzt alles daran, sich das Grundstück unter den Nagel zu reißen. Auf Recht und Gesetz pfeift sie dabei. Die Villa ist ihr piepschnurzegal, die soll möglichst bald abgerissen werden.

Was sollen die armen Geister und Gespenster bloß machen, wenn mit der Villa auch die Pforte ins Jenseits verschwindet? Die nächste Spukgestalt ersehnt sich nämlich schon die Erlösung von ihrem Dasein zwischen den Welten. Aldwyn Murray hat sich allerdings ein wenig verirrt. Der Geist des Jungen, der auf einer Forschungsreise zum Nordpol im ewigen Eis erfror, hockt in der einzigen Metzgerei von Kohlfincken im Kühlhaus und versetzt den halben Ort in Angst und Schrecken. Jedenfalls diejenigen, die ihren Sonntagsbraten in der Metzgerei Rackermann & Söhne kaufen wollen. Melli und Hotte haben jede Menge zu tun, den verirrten Geist wieder auf die Spur zu bringen!

DER AUTOR

© Jörn Neumann

Frank M. Reifenberg absolvierte eine Ausbildung zum Buchhändler und arbeitete danach als Presse- und Öffentlichkeitsreferent. Er besuchte die Internationale Filmschule Köln und schreibt seit dem Jahr 2000 Romane und Drehbücher. Seit 2008 engagiert er sich in der Leseförderung von Jungen, veranstaltet zu diesem Thema Seminare, Vorträge für Multiplikatoren und Workshops. Die Universität zu Köln berief ihn als Lehrbeauftragten für die Leseanimation von Jungen. 2012 wurde er vom Luxemburger »Centre national de littérature« mit einem Stipendium ausgezeichnet.

ISBN 978-3-8458-1593-0

Selina hat ihre Kindheit in Indien verbracht, wo ihre Mutter für ein Umweltschutzprojekt arbeitet. Doch völlig unerwartet wird sie nach Oxford geschickt, wo sie bei ihrem Onkel, einem bekannten Experten für antike Texte, wohnen und eine englische Schule besuchen soll. Selinas einziger Lichtblick ist, dass sie ihre gleichaltrige Cousine Lily wiedersehen wird. Bei ihrer Ankunft herrscht im Haus ihres Onkels jedoch helle Aufregung: Lily wird vermisst. Die Polizei nimmt an, dass sie einfach ausgerissen ist, doch Eric, ein guter Freund von Lily, ist überzeugt davon, dass sie entführt wurde. Gemeinsam mit Eric macht sich Selina daran, die Puzzleteile um Lilys Verschwinden zusammenzusetzen.
Doch was sie dabei herausfinden, darf nicht sein!

Auch zu bestellen unter www.arsedition.de

ISBN 978-3-8458-0503-0

Fechten, Reiten, auf die Jagd gehen – das Leben des Grafensohns Lukas ist wie ein einziges Abenteuer. Doch von einem Tag auf den anderen ist nichts mehr, wie es war: Der Inquisitor Waldemar von Schönborn lässt Lukas' Mutter verhaften, um sie als Hexe zu verhören – und sein Vater stirbt beim Versuch, ihr zu Hilfe zu kommen. Lukas selbst flüchtet, doch seine kleine Schwester Elsa gerät in die Gewalt des Inquisitors.

Für Lukas ist klar: Er muss Schönborn finden und Elsa befreien! Aber der Inquisitor ist ein übermächtiger Gegner. Zum Glück ist Lukas ein begnadeter Degenkämpfer – und er findet echte Freunde: Mit Jerome, Paulus und dem schlauen Giovanni an seiner Seite wagt er sich in das größte Abenteuer seines Lebens ...

ISBN 978-3-8458-1428-5

Lukas und seine drei Freunde wollen nur eines – die zerstörte Burg Lohenstein so weit aufbauen, dass sie darin gut über den kalten Winter kommen können. Doch da taucht der Sterndeuter Senno mit beunruhigenden Neuigkeiten auf: Der Inquisitor Waldemar von Schönborn habe die legendären Insignien, die für die Krönung eines Deutschen Kaisers unerlässlich sind, in seinen Besitz gebracht. Senno befürchtet nun, dass der Inquisitor mithilfe von Schwert, Krone und Zepter das Reich erpressen will. Die wertvollen Gegenstände soll er an drei verschiedenen Orten in der alten Kaiserstadt Prag versteckt haben.

Lukas, Giovanni, Jerome und Paulus machen sich sofort auf den Weg nach Prag. Doch das Abenteuer, das sie dort erwartet, stellt ihren Mut und ihre Freundschaft auf eine harte Probe ...